偽葬家の一族

木古おうみ

角川文庫
24622

CONTENTS

Presented by
Oumi Kifuru

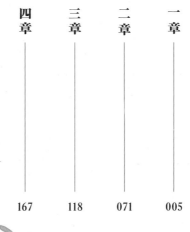

一章

畳の上で家族に囲まれて死ねるような人生を送れと俺に言ったのは、婆さんだったか。結局家族は散り散りになって、婆さんも施設で孤独に死んだ。そのときから、俺もマシな人生の終わり方なんてできると思っちゃいなかった。だが、こんな風に禿山《はげやま》の墓地で生きたまま埋められて死ぬのだけはごめんだ。

泥の中で、一点だけ齧《かじ》り取ったように開けた視界から月が見える。夜の雲と木々の影が俺にしなだれかかるように迫っていた。土で押し潰《つぶ》された胸が重く、呼吸のたびに痛む。目にも舌にも砂利が入り込んでざらざらと粘膜を削ったが、払うどころか指一本も動かせなかった。熱く湿った自分の呼気が冷たい土の中に充満して更に息苦しくなる。何でこんなことになったんだ。

いや、理由はわかってる。自分でもおかしいと思ってたんだ。山を掘り返すだけで日当十万円の仕事なんて。だが、とうとう安アパートも追い出されて、財布に札が一枚も入っていない俺に選択肢なんてなかった。

集合場所の河川敷に集まっていたのは俺と同じ、汚れた服と暗い顔の奴らだった。俺が一番若かった。

依頼人として現れたのは、別世界の住人のように小綺麗《こぎれい》なスーツ姿の、髪を七三に分けた男だった。男は俺たちに家族がいないことや、住む家も金もないことを再三確認してから、車に乗せた。

幹線道路を進むごとに、地方チェーン店のスーパーマーケットややたらとデカい靴屋なんかの店々もまばらになり、寂しい山道になっていった。おかしいと思ったが、そのときの俺は先のことより車内で配られた海苔《のり》弁当の方が大事だった。

夕暮れになるころ辿《たど》り着いたのは、枯れた木が茜色《あかねいろ》の空を刺す針のように並ぶ、寒々しい山だった。俺たちは配られたスコップを背負って山を登った。山の頂上は平べったく、地面には等間隔で四角い穴が開いていた。昔は墓地だったと直感した。少し遅れて、荷台に古びたタイヤや旧式の冷蔵庫を山ほど積んだトラックが現れた。

依頼人の男は俺たちを穴を掘るグループと、廃棄物を埋めるグループに分けた。俺は穴を掘る方だった。俺は言われた通りに手を動かし続けた。スコップで土を撥《は》ね上げるたび、泥が顔に飛んで、小石や百足《むかで》の死骸《しがい》が頬を打った。たぶん、あの男は不法投棄を担う業者だ。ここに各地から回収した粗大ゴミを埋めているんだろう。俺は何も考えないことにした。薄いダウンジャケットに汗が滲《にじ》み、抱きつかれているように重くなる。

顔に飛んだ泥を腕で拭《ぬぐ》ったが、土を塗り広げただけだった。手を止めて息を吐くと、空は盛り上がった土と境がないほど真っ黒になっていた。

　向かいで作業していた中年の男が俺に言った。

「にいちゃん、何かおかしくねえか。何で地面にもうたくさん穴ぼこが開いてんのに、俺たちが掘らなきゃならねえんだ」

　知らねえよ、と言おうとしたとき、ごうと吹いた風が声を搔《か》き消した。

　真っ黒で巨大な竜巻がものすごい速度で山を駆け上がってこっちに向かってくるように見えた。風に色がついているはずがない。巨大な猪か、熊か。夜になって飢えた獣が迷い出てきたんだ。

　そう思った瞬間にはもう黒い塊が目の前に迫っていた。渦を巻いて見えたそれは毛髪で、竜巻の目の部分に白いものがあった。顔だ、と思った。

　脳が現実を受け入れなかったが、途轍《とてつ》もなく嫌な予感がした。夏場に腐った魚を放置し続けたような、生臭い息が吹き付ける。

　直後に視界が暗転し、気づいたときにはもう、土の中だった。

　どこからか浅い呼吸と呻《うめ》き声が聞こえる。石と土で塞《ふさ》がれた鼓膜を舐《ねぶ》るように低く響いていた。俺と一緒に穴を掘っていた奴らも同じように埋められたんだろう。

　また遠くから風の音が聞こえる。どさどさと、土が雪崩《なだ》れる音が聞こえ、呻き声が完全に消える。あれが近づいてきたんだ。埋められる前に見た、あの化け物が。あれが何なのかはわからないが、俺や他の奴らを殺そうとしていたことだけはわかる。泥の中で俺の心音が反響した。こんなところで、訳もわからず死ぬのか。恐怖も、怒りも、酸欠で膜がかかったように霞《かす》んでいく。ぼやけた頭で寒いなと思った。

あの日も同じくらい寒かった。

錆《さ》びついたバス停の看板の下で、顔も覚えていない兄が俺に手を振る。俺は婆さんに抱えられながら、何もわからず洟《はな》を垂らしていた。前髪が凍って、針葉樹の葉のように目蓋《まぶた》を突いた。兄は青いマフラーを解《ほど》き、俺の首に回した。けばだったウールに体温が微《かす》かに残っていて温かかった。兄は向かいの道路に渡り、振り返った。

「いつか迎えに行くから」

幼い声が俺に言う。緑色のバスが視界の端から滑り込み、兄の姿を掻き消した。俺の顔に貼りついた霜が溶けて、涙の代わりに顎《あご》を伝い落ちた。

結局、それきり兄とは会っていない。何故、最期にこんなことを思い出すのか。

「嘘つきだよなあ、兄貴は……」

思わず呟《つぶや》くと、声の振動で剝《は》がれた土壁が俺に降り注いだ。鼻に土がかかって息ができない。無理やり顎を上げ、薄い酸素を貪《むさぼ》る。真上に浮かんだ月が、人影で覆い隠された。

四つの目が俺を見下ろしていた。死人のように青白い顔の男と、日本人形のように長い髪を垂らした女が、穴底の俺を覗《のぞ》き込んでいる。ふたりは今さっき火葬場から出てきた。

たような喪服を着ていた。

幻覚かと思った。こんなところに人間がいるはずがない。まして、普通の人間が生き埋めになっているのを平然と眺めるはずがない。嫌な幻覚だ。こんなことなら、さっきの馬鹿馬鹿しい走馬灯の方がまだマシだ。

目を瞑《つぶ》ろうとしたとき、ふたりが微笑を浮かべた。

「やっぱりいたね、兄さん」

「ああ、間に合ってよかった」

男が俺に手を伸ばし、顔にかかった土を払い除《の》ける。僅《わず》かに呼吸が楽になった。

男は月のように鈍く光る目を細め、確かに俺に言った。

「おかえり」と。


何もかもが、現実とは思えなかった。

ふたりが消えたと思うと、俺の顔の真横にスコップの先端が突き刺さった。男女は俺の手足ごと切断するかのように、迷いなくスコップを振るい、土を掻き出していく。泥が顔を打ち、埋まっていた小石が肩を殴りつける。

「三沙《みさ》、間違って刺すなよ」

「弟を殺す訳ないでしょ」

男女の声が鮮明に響いた。弟と、確かにそう言った。こいつら、俺を弟だと思っているのか。

このふたりが俺や日雇いの面々を埋めた〝何か〟と関わりがあるのかはわからない。だが、同じくらい理解が及ばない異常な存在だとわかる。

酸欠で思考が散り散りになってまとまらない。呆然《ぼうぜん》と夜空を見上げている間に、土が掻き出され、失われていた手足の感覚が戻ってきた。堰《せ》き止められていた血が、脳に向けて急速に流れ出し、頭痛と吐き気で戻しそうになった。身体中に纏《まと》わりつく冷たい湿気が汗なのか、土中の水なのかわからない。

ふたりはそれぞれ俺の腕を摑《つか》み、無造作に引き上げる。身体が宙に浮き、さっきまで埋まっていた地面に両足をついた。吹きつけた夜風が鼻に詰まった泥の匂いを鮮明に漂わせた。涙と唾液《だえき》と鼻水が乾いて顔中がパリパリと音を立てた。まだ生きている。

男女は薄笑いを浮かべて俺を眺めていた。

「間に合ってよかったね、兄さん」

「ああ、本当に」

「他のみんなは？」

「残念だけど駄目そうだ」

女は夜闇に溶ける黒く長い髪を払い、俺に視線を送った。

「じゃあ、行こうか」

どこへ、と問い返したつもりだったが、情けない細い息が漏れただけだった。それでも、俺の疑念を察したように、男は口角を吊《つ》り上げて言った。

「勿論《もちろん》、家に帰るんだ」

ふたりは再び俺の腕を摑んで引き摺《ず》り始める。四方八方掘り返したせいで綿菓子のように柔らかい土が爪先《つまさき》に絡みついた。振り返ると、地面は平らになり、歪《いびつ》な凹凸が残るだけだった。俺たちが掘ったはずの穴が埋め尽くされている。微《かす》かに膨らんだ土の下からは何も聞こえてこなかった。あの下に、俺と同じ労働者たちがいる。そう思うと、朦《もう》朧《ろう》とした意識で消えかけていた恐怖が一気に押し寄せた。

ふたりに引き摺られて夜の山を進むと、闇を反射する、平板で奇妙な光沢が木々の間から覗いた。待ち受けていたのは、一台の車だった。黒く長い胴体に、白字の明朝体で「平阪《ひらさか》葬儀屋」と記されている。霊柩車《れいきゅうしゃ》だ。女が後部座席の扉を開け、当然のように俺を促した。

車内には、銀色のローラーの付いた金属板が張られていた。棺《ひつぎ》を載せるためだろう。俺は女に押されるまま、冷たい金属板の上に座る。身体中についた土塊《つちくれ》が散らばった。

男は運転席に、女は助手席に座り、霊柩車を発車させる。俺は勢いよく頭を車の壁に打ち付けた。埋められたときに打ったのか、後頭部がじくじくと痛み、触れると指に黒い血がついた。

夜の山が車窓を通り抜けていく。助かったと思った瞬間、脂汗が噴き出して全身を生暖かく濡《ぬ》らした。

先程の会話で、ふたりが兄妹《きょうだい》だということと、俺を弟だと思い込んでいることはわかった。真夜中の山に霊柩車で乗り付け、生き埋めになっていた俺を掘り出した連中だ。正気じゃない。でも、俺が生きて帰るためにはこいつらを頼るしかない。

車内にライトが灯《とも》り、ふたりの顔を照らした。ハンドルを握る男の顔は山で見たときより一層白く、頬に散らばる死斑《しはん》じみた黒子《ほくろ》が浮き出て見えた。男は唐突に言った。

「危ないところだったね。出て行ったきり何年も顔を見せないと思ったらこんな山奥に籠《こも》っていたなんて」

俺は言葉を失う。痛みと焦りで靄《もや》がかかったような脳が慌てて回転を始めた。

三沙と呼ばれていた、助手席の女が微笑を浮かべる。長い黒髪だけでなく、小づくりな顔も日本人形のようだと思う。色白なところ以外は、隣の男と似ていない。

「柊一《しゅういち》兄さんに感謝してよ。貴方《あなた》が家出同然で飛び出しても根気よく捜してくれてたんだから」

「平阪家から離れて真っ当に暮らせるはずがないことくらいわかってたからね。案の定日銭に困って危ない仕事に手を出したんだろう」

「こうなるくらいなら兄さんが学費を出してくれた大学を中退しなきゃよかったのに。いつまで経っても子どもなんだから」

ふたりは笑い合う。心のどこかで、もしかしたら、生き別れた家族の誰かが俺を見つけてくれたんじゃないかと、ほんの少しだけ期待した。だが、違った。十六歳のとき、婆さんが死んでから、俺は親戚《しんせき》中をたらい回しにされたが、平阪家なんて家にもらわれたこともなければ、大学に行かせてもらった記憶もない。こいつらの勘違いだ。それがバレたら俺はどうなる？

車外に放り出されるのはまだいい方だ。明らかにまともじゃない連中が何をするかわかったもんじゃない。二十二年間の人生で、命の危機を感じることは何度もあったが、これほど一遍に味わったことはなかった。

山を離れて人里に近づいた霊柩車の車窓にコンビニエンスストアの影が映り込む。今ドアを開けて飛び出せば、大怪我をしても逃げることはできるだろう。俺が身構えた矢先、三沙が全てを見透かしたように言った。

「そのドア、内側からは開かないよ」

言葉を失う俺を余所《よそ》に、三沙は喪服のスカートのポケットからペンを取り出し、自分の手に何かを書き始めた。血管が透けるほど白い手の平が俺に突きつけられる。俺は顔を近づけ、滲《にじ》んだ黒い文字を読み取った。

「死にたくないなら家族のふりをして」

思わず唾《つば》を呑《の》み込むと、血と土が混じり合った不快な塊が喉《のど》を下り、空っぽの胃の底に張りついた。

この女も俺と同じ境遇なのか。誰かに強いられて家族ごっこをさせられているのか。

俺は運転席の柊一という男を見る。柊一は交差点で停車し、備え付けのシガーライターに煙草を押し付けた。先端の炎が赤信号と重なる。流れてきた紫煙に、自分でも間抜けだと思いつつ、煙草を吸いたいと思った。

車は幹線道路を突き進み、住宅街へと入り込んだ。夜だというのに家々は明かりもつけず、夜空の裾《すそ》に暗く沈んでいる。空き家ばかりのようだ。ひび割れたブロック塀や、蔦《つた》の絡んだ廃墟《はいきょ》を通り過ぎたところで、路地を塞《ふさ》ぐように聳《そび》える日本家屋が見えた。ぐるりと家を取り囲む板塀には等間隔で提灯《ちょうちん》が吊るされ、辺りを不気味に照らしていた。塀の上に覗《のぞ》く漆喰《しっくい》塗りの壁と瓦《かわら》屋根は相当年季が入っている。入り口の石畳も住人がいるのか怪しいほど朽ち果てていた。

まさかと思ったが、霊柩車はどんどんその家に近づいていった。石造の門に迎え入れられた車は庭に入り、松の木が野放図に生えた駐車場で停まる。待ち構えていたように家中の明かりが灯った。

柊一と三沙はシートベルトを外して車外に出る。戸惑う間もなく、後部座席の扉が開いた。出ろ、ということらしい。

庭に降り立った瞬間、息が詰まるほど濃厚な線香の匂いがした。身体中の泥が剝《は》がれ落ち、庭を汚す。家の引き戸が開き、逆光の中に人影が現れた。柊一と三沙が頭を下げる。

進み出たのは、真っ黒な着物を着て髪を結い上げた、五十代ほどの女だった。能面じみた顔に小皺《こじわ》を埋め尽くすほどしっかりと白粉《おしろい》を塗り込み、人間味がない。漆喰を塗り込めた家の壁と似ていた。女は切長の目で男女を見据えた後、俺に視線を移した。

「まったく嘆かわしい。平阪家の次男ともあろうものが、何て格好で帰ってくるんです。後でお父様に叱っていただきますからね」

鋼を打ったような、よく通る冷たい声だった。誰に話しかけているのかわからず狼狽《うろた》えていると、女は俺を睨《にら》みつけた。この女も俺を家族だと思い込んでいるのか。

「汚れた身体で我が家の敷居は跨《また》がせませんよ。離れで身を清めてからお上がりなさい」

女は溜息《ためいき》混じりにかぶりを振った。

「柊一さん、離れまで案内するように。三沙さんはこの子の服の準備を」

ふたりが頷《うなず》くと、女は小股《こまた》で家の中へ戻っていった。柊一が俺に向き直った。

「離れの場所は知らないだろう。お前が出ていってから改装したんだ」

柊一は落ち葉を踏んで歩き出す。庭には頭の落ちた燈籠《とうろう》や、壊れた仏壇、緑色のドラム缶などが転がっていた。人間の住処《すみか》とは思えない。巨大な家を半周したところで、柊一が足を止める。

「ここが離れだ」

指さされた場所は、到底名称とは結びつかない、簡素なプレハブでかろうじて覆われた空間だった。入り口脇にスチールの棚があり、古びた洗濯籠《かご》と、ラベルの剝がれたシャンプーやボディーソープが置かれている。奥にあるのは、仮設トイレのようなプラスティックの直方体だった。柊一は俺の背を押す。

「冷えただろう。早く土を洗い落とすんだ。いつまでも穢《けが》れを貼り付けたままだと危ない」

迷ったが、抗《あらが》う気力も残っていなかった。プレハブの覆いの向こうに立つ柊一を警戒しつつ、俺は土まみれの服を脱ぐ。下着まで泥が染み込んでいた。衣類を纏《まと》めて洗濯籠に投げ込むと、穴を掘っては土を投げ散らかす業務が鮮明に蘇《よみがえ》り、再び吐き気がした。全裸の身体に夜風が吹きつけ、また不安になる。

樹脂製の扉を開けると、ネットカフェに設置されているようなシャワー室だった。蛇口を捻《ひね》ると、温かい湯が降り注ぎ、足元に真っ黒な液体が溜《た》まった。小さな土の塊が渦になって流れ、排水口を塞ぐ。泥水に足を打たれながら、これからどうなるのだろうと思った。何もかもがおかしい。あの山で見た何かも、不気味な家族も。

扉の隙間から外を覗くと、空に舞い上がる火の粉が見えた。柊一がドラム缶で俺の服を燃やしていた。何もかもおかしいが、逃げ道はない。俺はせめて山での記憶を押し流すように、何度擦《こす》っても溢《あふ》れ出てくる泥を洗い落とした。

シャワー室から出ると、タオルと新品の下着、そして、柊一が着ているのと同じ喪服が畳まれていた。これを着ろということか。他に着る物もないから、仕方なく袖《そで》を通す。冷たく硬いシャツが肌に張り付き、あの一家に取り込まれたような気分になった。置いてあった便所サンダルを引っ掛けて覆いの外に出ると、柊一が俺を迎えた。

「サイズが合ってよかった。じゃあ、行くか」

屋敷まで戻り、雲と雁《がん》が彫り抜かれた磨《す》りガラスの戸を開くと、長い廊下が広がった。一歩進むごとに、裸足《はだし》の足裏に床の埃《ほこり》がへばりつく。左右の部屋は閉め切られ、奥の襖《ふすま》だけが薄く開いていた。

柊一は襖に手をかけ、一気に押し開く。

「遅くなりました」

異様な光景に息を呑んだ。三沙と着物の女を含めた、喪服の集団が横一列に並んでいた。白髪の老夫婦が上座に座っている。着物の女の横にいるのは、三十代に見える体格の良い男だった。その隣に三沙がいる。

彼らの背後には壁を埋め尽くすように白菊が置かれ、中央に黒枠の写真立てが鎮座していた。何より異様なのは、全員の視線の先に空の白い布団が置かれていることだ。まるで、存在しない死人を寝かしているように、枕に白布がかけられている。

こいつらは一体何をしているんだ。

柊一は全員の前で正座し、俺の腕を摑《つか》んで隣に座らせる。顎鬚《あごひげ》を蓄えた老人が痰《たん》の絡んだ咳《せき》をした。

「柊一、現場の下見はどうだった」

弛《たる》んだ皺《しわ》に縁取られた目は左側の眼球がなく、スプーンで抉《えぐ》り取ったような空洞だった。柊一が淡々と答える。

「既に問題が発生しています。悪用する手合いもいるようだ。早急にギソウの準備を整えるべきでしょう」

隣の老婆が数珠《じゅず》をかけた手を揉《も》み、しきりに念仏を唱える。ギソウ、と耳慣れない言葉が聞こえた。こいつらは何かしらの偽装工作のために集められた集団なのか。

入り口で俺を出迎えた着物の女が、傍の男を肘《ひじ》で小突いた。

「貴方《あなた》、それより息子が帰ってきたのですよ。何か言うことはないのですか」

「ああ、そうだな……」

男は屈強な体軀《たいく》に似合わない、叱られた犬のような表情を浮かべる。男は俺を見て言った。

「……父親として叱るべきだが、今はそれどころじゃない。心を入れ替え、平阪家の一員として今の有事に対応するように」

「父親……？」

思わず自分の口から言葉が漏れた。男は咳払《せきばら》いして続ける。

「それが親に対する態度か。いい加減ヘソを曲げるのはやめろ。今は家族が一丸となって……」

「何言ってんだ、あんた」

今日一日の疲労と精神の緊張が頂点に達した。張り詰めていた糸が弾《はじ》けたように、俺は畳を蹴《け》って立ち上がっていた。

「誰と勘違いしてんのか知らねえけど、俺はあんたらの家族じゃねえよ」

柊一を除く全員の表情が強張《こわば》った。芝居の千秋楽で役者のひとりが大事な台詞《せりふ》を忘れたような空気だった。喪服の集団は、今この座敷を眺めている何者かの表情を窺《うかが》うように顔を見合わせている。恐怖と混乱で萎《しお》れていた意識が、苛立《いらだ》ちで覚醒《かくせい》した。

「あんたらだって俺が他人だってわかってんじゃねえのか」

俺は柊一と三沙を指さす。

「どうやって俺が連れて来られたのか、ふたりに聞いてみろよ。こいつらは夜の山で埋まってる俺を、顔もろくに見ずに掘り返したんだぞ。弟かどうかなんてわかる訳ねえだろ」

気まずい沈黙の中で、父親と呼ばれた男が腰を浮かせ、俺に歩み寄ろうとした。俺は男の手を払い除《の》ける。

「何が親父だ！　俺と十歳くらいしか変わらねえだろ」

「いいから、話を……」

「俺の親父はとっくにくたばってんだよ。ダンプカーと電柱に挟まれてシールみたいにぺたんこになって死んだ。お陰で一家離散だ。金もねえ、学もねえ。屑《くず》みたいな仕事で何とか食い繋《つな》いで死にかけて、助かったと思ったら今度はこれかよ。いい加減にしろよ！」

俺の怒号が和室に響き渡った。畳が声を吸い取り、すぐに静寂が戻る。噎《む》せ返るほどの線香の匂いが立ち込める中、黙って俯《うつむ》いていた柊一が口を開いた。

「客間を借りてもいいですか」

着物の女が険しい表情で顎《あご》を引く。

「よろしいでしょう。話し合いが必要なようです」

「兄弟水入らずでよく話してきますよ」

柊一は黒いスラックスの埃を払って立ち、俺に言った。

「行こうか」

有無を言わせない響きだった。

柊一は廊下に出ると、ベタつく足音を立てて中程まで進み、閉め切られた襖のひとつを開けた。客間と聞いたが、丸めた布団一式とガラス細工の灰皿が置いてあるだけの質素な部屋だった。

柊一はネクタイを緩めて胡座を掻《か》き、前に座れと畳を指す。俺は後ろ手に襖を閉め、柊一と向かい合った。

「吸うか?」

目の前に潰《つぶ》れた煙草の箱と百円ライターが投げ出された。俺は警戒しつつ、煙草に火をつける。線香花火を水に放り込んだような音を立てて火花が散った。

柊一は煙を吐いて俺を見定めた。

「名前は？」

俺は面食らう。てっきり、こいつらの弟の名前を呼ばれると思っていた。

「弟だと思ってるんじゃねえのかよ」

「ここでは芝居を打たなくていい」

「……恭二《きょうじ》」

柊一はじっと俺を見つめ、まだ長い煙草の先端を灰皿で押し潰した。

「今日からお前は平阪だ。平阪恭二。語感はいいだろ」

真っ黒な目に、呆然《ぼうぜん》とする俺が映っていた。俺は乾いた唇を舐《な》める。

「なあ、あんたら何なんだよ。ここで一体何してんだ。何で俺を助けた」

「必要だったからだ。あの山でお前だけが生きていた」

柊一は二本目の煙草を歯に挟んで言う。

「俺たちの話をする前にお前のことを聞きたい。山で何を見た？　何で埋められた？」

「……言っても信じねえだろ」

「俺たちは他人どうしで家族ごっこをして存在しない人間の葬式を挙げているんだ。そんな集団が今更常識ぶるとでも？」

最早呆《もはやあき》れる気力もなかった。こいつらは正気のままこんなことをしているのか。

山でのことを思い返そうとして、あの黒い竜巻のような何かが鮮明に蘇った。噴き出した冷や汗が、新しいシャツを肌に張り付ける。

「仕事してたんだ、日雇いの。理由はわかんねえけど、とにかくあそこの山で穴を掘れって仕事だった」

「それで？」

「夜になった頃、穴を掘り終わって、風が吹いたと思ったら……いきなり黒い塊が目の前に飛び出してきたんだ。猪か何かだと思ったけど、もっとデカくて、黒い毛の中に顔があった」

「顔？」

「白くて女みたいに見えたけど、よくわからなかった。その後は気づいたら地面に埋められてて、それで、あんたらが来た」

柊一は鼻から煙を吐き、沈黙した。狭い部屋の壁にぶつかった紫煙が右往左往する。

柊一は咳をしてから掠《かす》れた声で言った。

「俺たち平阪家は、お前が山で見たようなものに対処する専門家なんだ」

「俺が見たもんって……あれは何なんだよ」

「俺たちにもわからない。『怪異』としか呼べないな」

「専門家なのに、か？」

「ああ、わからない。だから、俺たちで勝手に出自をでっちあげるんだ」

言葉を失う俺に、柊一は虚《うつろ》な笑みを返した。

「例えば、こういう木造家屋では家鳴りがする。昔は妖怪《ようかい》の仕業だと思われていた。でも、最近は寒さで木材が伸縮して立てる音だとわかった。暖房や緩衝材で対処できる」

「あんたら建築家なのかよ」

「まさか。本質や縁《ゆかり》がわかれば対処できるってことだ。学校の怪談でトイレに出る少女の霊だって、昔、女子トイレで自殺した生徒がいるとわかれば、トイレを封鎖するなりお祓《はら》いをするなり、気休めの手段があるだろ」

「じゃあ、詐欺師かよ」

「そんなところだ」

柊一は怒るでもなく口角を上げた。

「お前を襲ったような怪異は、全く理解不能で正体不明。そういうものが存在する。じゃあ、どうすればいいか？　腑《ふ》に落ちる物語を作るんだよ」

「物語……？」

「海に出る怪異は水死者の霊、道路に出る怪異は交通事故の犠牲者。真実なんて何でもいい。納得できることが大事だ。俺たちはそれに則《のっと》って、怪異の葬式を挙げ、供養したことにして去ってもらう」

煙草を挟んだ、死人のように白い指が俺を指した。

「それを『偽葬』と呼ぶんだ。俺たち平阪家は偽葬屋なんだよ」

写真のない額縁、空の布団、家族とは思えない喪服の一家。全てが異常だが、全て腑に落ちた。

「あの山には偽葬の下見に行ったんだ。思いの外、事態がまずいことになっていた。あんなに犠牲者が出ているなんて。これが初めてじゃないだろうな。とにかく、お前が見つかってよかったよ。さっきの話も手がかりになる」

俺は空の胃の底から声を絞り出す。

「何で、俺なんだよ……」

「お前は怪異を見て生き残った。才能がある」

「ふざけんなよ……」

「お前に拒否権はないよ。今生きているのだって平阪家の一員のふりをしてるからだ。ほら、見てごらん」

柊一は障子を開け放ち、闇に沈む夜の庭を見せた。視線を下げると、地面に微《かす》かな凹凸があった。雑草が生えた地面の一筋だけ、熊手で掻いたように土が盛り上がり、歪《いびつ》な道を作っている。道は縁側の下、俺の足元まで続いていた。

「お前に憑《つ》いてきたんだ」

俺の喉《のど》から呻《うめ》きが漏れ、煙草の先から灰がぽろりと落ちた。燻《くすぶ》る火が手の甲を焼いたが、痛みを感じるどころじゃなかった。

柊一は障子をぴったりと閉め、どす黒い道を隠した。

「お前が家族のふりをする限り、衣食住は保証する。しなければ命の保証もない。どうする？」

俺は頷《うなず》くしかなかった。障子に透ける闇が、土の塊になって押し寄せてくるような錯覚を覚えた。


翌朝、目を覚ました瞬間、叫びを上げている顔に似た天井の木目が見えた。

畳の感触と、自分でかけた覚えのない布団。寝汗を吸った布の重みがずっしりと纏《まと》わりつき、土中にいると錯覚した。布団を撥《は》ね除《の》けて飛び起きると、畳の跡がついた身体中が痛んだ。まだ俺は生きていて、葬儀屋集団の根城にいる。昨夜の何もかもが夢じゃなかった証《あかし》だった。

相変わらず異様な家に不似合いなほど家庭的な味噌汁《みそしる》の匂いが漂ってきた。襖《ふすま》が開け放たれ、昨日と同じく喪服のスーツを纏《まと》った柊一が現れる。

「おはよう、飯にしようか」

朝になっても尚《なお》、夜空のどん底のような暗い目だった。

廊下は日差しが届かず、昨夜と変わらず仄暗《ほのぐら》かった。襖の向こうから皿と箸《はし》がぶつかる音や、汁物を啜《すす》って噎《む》せる老人の咳《せき》が聞こえてくる。こんな状況なのに、婆さんと暮らした家を思い出した。突《つつ》いたら破れそうなほど血管の浮き出した皺《しわ》だらけの手で、ネギを刻む祖母の後ろ姿が蘇《よみがえ》る。今の俺を知ったら婆さんは何と言うだろう。

柊一が襖を開けたとき、懐かしい回想は吹き飛んだ。やはり平阪家は婆さんの家とは何も重なるところのない、異様な集団だった。朝から喪服を着込んだ面々は、匂い立つ仏花と線香に囲まれながら、真ん中に空の布団を置いて飯を食っていた。遺影が入っていない黒い額縁に見下ろされ、それぞれが平然と膳《ぜん》と向き合っていた。片目のない老人が俺に気づき、濡《ぬ》れた箸の先で招く。

「恭二、何やってんだ。早く食えや」

俺は横目で柊一を睨《にら》む。いつの間に俺の名前を教えたんだ。下座にふたつ、粕漬《かすづ》けの鱈《たら》と味噌汁と白飯を載せた膳が湯気を立てていた。

柊一は俺を隣に座らせる。目の前の布団には、死者の顔を隠すように白布をかけられた枕があり、どうにも気が滅入《めい》った。湯気か線香の煙かわからない靄《もや》の中で蠢《うごめ》く喪服の集団を眺める。婆さんから聞いた昔話の怪談が浮かんだ。迷い込んだ山の宿でもてなされ、翌朝目を覚ますと、宿は廃墟《はいきょ》で、人々は白い骨に変わり、膳は土だか虫だかが入っていたという話だった。俺は朝食を嗅《か》いだが、妙な臭いはしなかった。

意を決して箸を口に運ぶと、どこか懐かしい味がして、空っぽの胃が食事を求めるようにうねった。白飯をかっこみ、喉につかえたものを味噌汁で流し込む。小さな老婆が微笑ましげに俺を眺めていた。

「多吃点」

念仏を唱えているのかと思った。老婆は更に俺に顔を近づけて同じことを呟《つぶや》く。三沙が茶碗《ちゃわん》の飯粒をこそげ落としながら言った。

「いっぱいお食べ、だって」

母親役の女がかぶりを振る。

「お義母《かあ》様は認知症が進み、今は母国語しか話せません。お前が心労をかけるからですよ」

俺は曖昧《あいまい》に目を逸《そ》らした。存在しない死者の布団を囲んで進行する家族ごっこには慣れそうにない。

「死体の横で飯食っていいのかよ……」

俺の独り言を、片目の老人が耳聡《ざと》く聞きつけた。

「いいに決まってるだろう。家族だからな。こうしていつも通り暮らしてるところを見れば、姉さんも安心して成仏できるってもんだ」

老人の口から飯粒が飛んで布団の隅に落ちた。廊下の向こうからベルの音が鳴った。父親役の大柄な男が立ち上がる。

「やっと調査の結果が出たか」

男は一礼して座敷を出ると、玄関へと向かった。俺は半分開いた襖の先を盗み見る。引き戸の前には役人らしいスーツ姿の女がいた。男は女から茶封筒に入った資料を受け取り、言葉を交わす。柊一が俺に囁《ささや》いた。

「偽葬の下準備だ。実地調査に行こうか」

俺は答えずに、塩辛い味噌汁を啜った。

庭の土には何かが這《は》い回ったような跡が残っていた。俺は悪寒を押し殺し、平阪葬儀屋の文字が大々的に躍る霊柩車《れいきゅうしゃ》に乗り込む。棺《ひつぎ》を載せる銀の台は泥を拭《ぬぐ》い去られ、昨夜と変わらず冷たかった。

車が住宅街へと走り出すと、助手席の三沙が言った。

「兄さんから偽葬の話は聞いてる？」

「聞いてるけど……」

俺が言葉を濁すと、三沙は呆《あき》れたように口角を上げた。

「今は普通に話をしてもいいよ」

「昨日の夜は家族のふりをしろっただろ」

「あれは怪異が憑いてきてたから。我が家で一夜過ごしたお陰で、今は怪異が貴方《あなた》を見失ってる状態」

俺は車の振動で壁に背筋を殴られながら頭を振った。

「そりゃ、昨日見たもんはまともな生き物じゃねえってわかるけど……偽葬だ怪異だって急に言われてもわかんねえよ」

「学がないの？」

「三沙」

柊一が静かに制した。

「怪異は古来、人間たちのそばに潜んでる。普段その存在を知らずに済んでるのは俺たちが鎮めてるからだ」

「あんたら、そんな大層なもんかよ」

「さっき父さんに資料を渡しに来た人間がいただろう。あれは警視庁の公安部だ。父さんは元刑事だから連携しやすい」

「刑事かよ。道理でいけすかねえと思った」

「警察の世話になったことがあるの？」

三沙に問われて、俺は話題を逸らす。

「じゃあ、あんたらの雇い主は国なのか？」

「そう、偽葬屋は決して表舞台には出ないけど、古くは朝廷や幕府とも繋《つな》がっていた。文献にも私たちの記録が残ってるけど、言ってもわからないと思うからやめておくね」

「お気遣いどうも」

俺は舌打ちし、運転席の柊一の後頭部を眺めた。

「平阪家は国に雇われた寄せ集め集団ってことか？」

「いや、有志だ。皆、怪異に人生を踏み躙《にじ》られ、怪異に対抗する志を持った人間だ。俺と三沙は所謂《いわゆる》霊媒師だけど、力がなくても父さんのように偽葬のための下準備で貢献できる」

「怪異に人生を踏み躙られたって……」

三沙はバンの大揺れも気に留めず、クリップで留めた資料を捲《めく》っていた。

「祖父役の御当主は宮大工で、ある神社に関わったせいで片目を失った。祖母役の御夫人は中国の道士の血筋。事情があって、国には帰れないみたい。母役の五樹《いつき》さんは地方の拝み屋だったけど、怪異に本当の夫と子どもを焼き殺された。私たちは他人。でも、怪異を憎む気持ちで繋がってるの」

あの老夫婦と着物の女のことだろう。人生を踏み躙られたとはいえ、存在も不明なものと戦うために別の生き方を選ぶほどの覚悟は俺には想像できなかった。

「怪異を憎むって言ったって、人生捨ててまでこんな訳のわかんねえ仕事するのかよ」

「捨てるほどの人生も残らなかったのが俺たちだ。恭二、お前もそうだろ。いい仲間になれる」

「勝手に決めんなよ。俺には本物の兄貴がいるんだ。あんたと兄弟のふりするつもりはねえよ」

柊一は答えを返さなかった。ただ座席のシートの陰から覗《のぞ》く横顔が一層暗く見えた。

霊柩車が停まったのは、コンクリート打ちっぱなしの灰色の壁に囲まれた堅牢《けんろう》なビルの前だった。日光を反射してギラつく窓から、険しい顔をした中年男が覗いていた。

「何だよここ……入って大丈夫なところか？」

柊一と三沙は含み笑いで答える。

「入ったら死体袋で出てくる羽目になるところ」

「霊柩車で来てるからちょうどいい」

「何平気な面して言ってんだよ」

俺に構わず、柊一はシートベルトを外した。

「怯《おび》えるより怒った方がいい。お前を殺そうとした連中がいるから」

言葉の意味を問う前に、ビルからひとりの男が出てきた。慇懃《いんぎん》無礼な笑みを張り付けた、七三分けの小綺麗《こぎれい》なスーツの男だった。俺に山での仕事を紹介した奴だ。逆流した血が脳内を駆け巡り、真新しい記憶が鮮明に浮かぶ。昨日の仕事の集合場所の河川敷。俺と向き合って穴を掘っていた、間抜けだが根は悪くなさそうな中年。真っ暗な山に響く呻《うめ》き声。柊一がドアを開けた瞬間、素早く車外に出た。

男は上っ面だけの微笑で俺を眺める。こっちには気づいていない。昨日の汚い服を着た俺と、喪服を着た俺が結びついていないんだろう。それとも、ゴミのように捨てるつもりだった人間の顔をいちいち覚《おぼ》えていないだけか。

男は嘲笑《ちょうしょう》混じりに霊柩車を一瞥《いちべつ》した。

「路上駐車は困りますよ。ここはうちの敷地なんでね。御遺体を運んでいる最中に道交法違反なんて罰当たりじゃないですか……」

考えるより早く、俺は腕を振りかぶっていた。厚い皮膚と頬骨の硬さが拳《こぶし》に伝わる。真正面から殴られた男は吹っ飛んでアスファルトに突っ伏した。俺は男に馬乗りになる。

「何が道交法だ。違法な商売しやがって。俺たちみたいなのを使い捨てて何やってたんだよ」

俺が胸ぐらを掴《つか》んで揺さぶると、男の鼻から流れた血が細切れに飛んだ。男はやっと俺に気づいて目を見開いた。

「お前、生きてたのか……」

「やっぱり殺すつもりだったんじゃねえか」

「放せ、警察呼ぶぞ！」

「呼べるもんなら呼んでみろよ」

もう一度拳を握ったとき、骨張った手が俺の肘《ひじ》を掴んだ。振り向くと、柊一が俺を押し止《とど》めていた。柊一は虚《うつろ》な目を歪《ゆが》めて微笑む。

「お呼びのようで。警察からの依頼で来ました」

三沙がわざとらしく礼をして、懐から一枚の紙を取り出す。捜査令状だ。男は鼻血まみれの顔を青くした。

柊一と三沙は男を路地裏に連れ込み、退路を塞《ふさ》ぐように霊柩車を駐車した。潰《つぶ》れたタイヤや業務用の冷蔵庫など不法投棄のゴミが積み上がった路地は、饐《す》えた臭いが漂っていた。三沙は俺を横目に肩を竦《すく》める。

「まだ貴方の役割を決めてなかったけど、ひとまずは暴力担当かな」

「そんな担当あるのかよ」

路地の最奥に追い詰められた男は、先程までの自信をすっかり失って縮こまっていた。

柊一は上着から取り出したハンカチを男の鼻に押し付ける。

「昨日は弟が世話になったようで」

男は俺と柊一を見比べた。俺は首を横に振る。

「何なんだ、お前ら」

「見ての通り葬儀屋です」

「葬儀屋に用はないぞ」

「もうすぐ必要になりますよ。このビルの中の全員」

男は頰を引きつらせ、血で赤く染まった顔を青くする。柊一は平坦《へいたん》な声で告げ、煙草に火をつける。男は煙が傷に沁《し》みたのか、大袈裟《おおげさ》に身を反らした。奇妙なやりとりを見ているうちに、俺の怒りは徐々に行き場を失くしていた。

柊一は煙草を挟んだ手で額を掻《か》く。

「貴方たちが何者なのか、あの山で労働者たちに何をさせるつもりだったのか、正直に答えてください」

男は観念したように項垂《うなだ》れた。

「……俺たちはただの仲介役だ。ゴミ処理の業者から仕事を頼まれて、人手が欲しいと言われたんだ。家族のいない、住居もない、明日《あした》消えても誰も困らない連中だけを集めろと」

「彼は我々の大事な家族ですよ」

「知らなかったんだ……応募したのはあいつだぞ」

もう一度殴ってやろうと思ったが、三沙に止められた。柊一は冷淡に男を見下ろす。

「ゴミ処理の業者というのは早い話が不法投棄ですね。ゴミを埋めさせるために穴を掘らせたと？」

「そういうことになってる。でも、ゴミじゃなくてもいいんだ」

「話が見えません」

「あの山には何かしら埋めておかないと駄目らしい。そうじゃないと、人間が……」

男は身震いする。三沙が柊一に囁《ささや》いた。

「兄さん、これ以上は叩《たた》いても出なそう」

「そうだな。時間もないし、次の場所に行こうか」

ふたりが踵《きびす》を返したとき、男が半泣きで俺に追い縋《すが》ってきた。

「本当に悪かった。こんなことになるなんて知らなかったんだ。病気のお袋がいて、金が必要だったんだ」

「気色悪いんだよ。都合悪くなったら親孝行ぶりやがって。お前の骨を宅配便で実家に送りつけんぞ」

俺は男を蹴《け》り飛ばしてふたりの後に続いた。霊柩車《れいきゅうしゃ》に乗り込むと、右側の車窓からまだ路地裏で蹲《うずくま》っている男の姿が見えた。左側にはビルから出てきた数人の男たちが映り込んでいた。ダイヤモンドを散らした腕時計や、龍《りゅう》を模した金のネックレスをつけている。明らかにカタギじゃない。中央にいるのは髪をオールバックに固めた、精悍《せいかん》な顔立ちの男だった。こいつが奴らの親玉だろう。最早《もはや》、俺を見殺しにしようとした男への怒りは湧かなくなっていた。あいつも俺と同じ使い捨てだ。

オールバックの男が鋭い目つきで車内を覗き込む。柊一は何も見えていないかのように車を発進させた。

「宅配便で遺骨を送るなら、品名は何になるんだろうな」

「ナマモノじゃない？」

「それは肉がついてる場合だろ」

「じゃあ、カルシウム剤」

運転席と助手席から響く声は聞かなかったふりをする。裏社会の人間よりこいつらの方がよほど底知れない。

途中、コンビニで買ったおにぎりや菓子パンを齧《かじ》りながら車に揺られていると、もうひとつの目的地に着いた。

てっきり先程のような事務所に行くものかと思ったが、フロントガラスに映り込んでいるのは小さな一軒家だった。相当古く、壁はヒビが入っているが、玄関の周りはよく掃除され、アロエの鉢と犬の置物が並んでいた。

俺たちを迎えたのは、八十歳ほどの老女だった。小豆色のスカートから覗く脚はシミにもアザにも見える斑点《はんてん》が浮き、リウマチで歪んだ手が痛々しい。死ぬ直前の婆さんを思い出した。

老女は白村《はくむら》と名乗り、俺たち三人を家に招き入れた。台所とリビングが一体化した部屋には、レトロな調理器具やアルバムが溢《あふ》れた段ボール箱が所狭しと犇《ひし》めいていた。婆さんと同じだ。いろんな奴らに先立たれて、思い出の品に埋もれて暮らしている老人の家だと思った。

白村は震える手で四つの湯呑《ゆの》みを載せた盆を運んできた。三沙が盆を受け取ってテーブルに載せると、老女はひどく申し訳なさそうに頭を下げた。

「ごめんなさいね、手が震えちゃってねえ」

白村は俺たちに向き合って座り、何度も膝頭《ひざがしら》を擦《こす》って俯《うつむ》いた。

「お話は伺っています。お山のことでしょう？」

不法投棄業者の男とは違い、本心から自分を責めているような悲痛な声だった。柊一は煙草を取り出そうとしてやめる。

「白村さんはあの山の持ち主だったとか」

「元は私の父のものです。戦後、父がお世話していた方から御礼に譲り受けたらしくって。でも、貧乏人が土地を持っていても持て余すだけですから、父の遺言であそこに霊園を建てようって話になったんです」

「遺言で、ですか」

「今じゃ何にもない山ですけど、昔は紅葉が綺麗《きれい》でね。父と母が知り合った時分はあそこをよく散歩したそうです。こんなに静かで綺麗なところで、同じお墓で眠れたら幸せだろうって」

「では、白村さんのご両親もあちらに眠っていると？」

「今は違います」

白村は顎《あご》がテーブルにつきそうなほど深く身を折った。

「私は学のない老女ですから、霊園の経営も上手《うま》くできなくって。結局、親戚《しんせき》のひとに騙《だま》されて、盗《と》られてしまったんです。自業自得ですけどねえ」

痛々しい微笑みだった。婆さんが何度も俺に向けた表情と同じだ。

婆さんの口癖は「ごめんね、婆ちゃんがちゃんとしてれば、恭二にもっと贅沢《ぜいたく》させてあげられたんだけどね」だった。俺は思わず口を開いていた。

「白村さんのせいじゃないだろ。騙した奴らが悪いんだから」

柊一と三沙は驚きと好奇が入り混じった目で俺を見つめた。白村は困ったように笑う。

「ありがとうございます。お若いのにこんなお婆ちゃんに優しいんですね」

「別に……」

「でもねえ、親戚のひとを恨んではいないんですよ。あのひとたちも可哀想な目に遭ったから」

湿っぽいが緩やかな空気が、途端に張り詰めたような気がした。三沙が身を乗り出す。

「というと？」

「今の時代、人間より動物の方がお墓の需要があるって言って、あそこをペット霊園に変えようとしたんです。せっかく眠っていたひとたちのお墓を掘り返して、他所《よそ》に移してしまおうとしたんですね。そうしたら……」

白村は唾《つば》を呑《の》んで続けた。

「全部のお墓に、亡くなった方とは違う、もうひとり分の遺骨が入っていたんです」

俺の喉《のど》から細い息が漏れた。土の中で、安寧を祈って埋葬された死者に得体の知れない白骨が抱きついているのを想像した。柊一は口元に手をやって尋ねた。

「正体不明の遺体の出自は？」

「いくつかはあの山の近くで行方不明になっていた方だとわかりましたが、ほとんどはわからずじまいで……親戚のひとたちも気味悪がって、土地を手放して、姿をくらましました」

「結局、今あの山は誰の所有物なんです？」

「わかりません。誰かの手に渡ってもすぐに手放すようで……噂では、あまり良くないひとたちがゴミを捨てに来るそうです。皆さん、それを見過ごしてるんです。あの山には、何かを埋めておかないと人間が連れ去られて埋められるなんて噂があるそうで」

白村は涙の膜が張った目を更に潤ませた。

「私もできる限り調べたんですが、お山で昔事件があったとか、幽霊が出たとか、そんな話はひとつもないんです。何でそんなことになったのか……」

老女の小さな肩は重みに耐えかねるように震えていた。柊一と三沙は礼を言って席を立つ。

家を出ると、白村が小走りに追いかけてきて、俺に言った。

「さっきはありがとうございます。お気遣いいただいて……」

「いや、別に……」

「私の不始末で、皆さんにご迷惑かけて本当にすみません」

柊一はまた空洞じみた微笑を返した。

「仕事ですから」


白村の家を出ると、霊柩車は夕陽を全身に映して茜色《あかねいろ》に輝いていた。三沙が俺の脇腹を小突く。

「恭二、おばあちゃん子だったの？」

「どうでもいいだろ」

三沙はまだ何かを期待するように俺を見つめていた。

「……家族がバラバラになってから、婆さんに育てられたんだよ。白村さんみたいにいつも申し訳なさそうにしてたから、思い出しただけだ」

「悪ぶってるけど純粋なんだね」

俺は手を振って三沙を追い払う。柊一は何故か暗い顔で霊柩車の車体を眺めていた。

「それがモチベーションになるならいいことだ。仕事ってだけで怪異に立ち向かうのは、まだ難しいだろうから」

「本当に俺も偽葬とかいうのに参加するのかよ」

「そうだよ。覚えておくといい。怪異が現れて最初に割を食うのは、白村さんやお前みたいに弱い存在なんだ。だから、国は俺たち偽葬屋を雇って怪異を祓《はら》う。ひとつの福祉だ」

「福祉関係者には見えねえけどな」

柊一は肩を竦《すく》めた。

車に乗り込むと空の色は暗くなり、艶《つや》のない黒の霊柩車《れいきゅうしゃ》が周囲の闇に溶け込み始めた。

柊一の胸ポケットから着信音が鳴り響く。三沙は柊一のジャケットに手を潜り込ませ、スマートフォンを取ると、通話ボタンを押して柊一の耳に押し当てた。本当の肉親のような距離感だ。

柊一は車の振動で何度か顎を画面に打ち付けながら話し始める。

「母さん、偽葬の準備は整いました。現地集合でいいですか」

俺は目を剝《む》く。

「待てよ、まさか今からまたあの山に行く気か？」

冗談じゃない。あの化け物は俺を追ってきたと言っていた。また戻ったら今度こそ引き摺《ず》り込まれる。三沙は出来の悪い弟を宥《なだ》めるような視線を向け、黙れと言うように人差し指を唇に押し当てた。

「ええ、早い方がいいでしょう。柊一は構わず続ける。

俺は三沙に抗議の視線を送ったが、無視された。柊一が通話を終え、スマートフォンを胸ポケットに押し込む三沙に言った。

「物語は浮かんだか？」

「ありきたりだけど、〝冥婚〟でいこうと思ってる」

「一緒のお墓に入りたいってやつか」

不可解な会話に、自然と眉間《みけん》に皺《しわ》が寄る。柊一は明かりが少なくなっていく方へと車を進めながら言った。

「聞いた通り、あの山には何の曰《いわ》くもない。だから、俺たちで納得のいく物語をつけて、怪異の出自を偽装するんだよ。三沙は話作りの担当だ」

「白村さんのご両親の話、聞いたでしょう？　あの山で同じお墓で眠りたいって。そういうひとがいたことにするの」

「いたことにするって……」

三沙は薄く目を閉じ、昔読んだ本の内容を暗誦《あんしよう》するように呟《つぶや》く。

「昔、あの山の近くに住む娘がいた。彼女には恋人がいて、『一生添い遂げ、同じお墓に入ろう』と誓い合った。でも、それは叶《かな》わなかった。時代的に、恋人が戦争で帰らぬひとになったってことでいいかも。娘は非業の死を遂げ、怨霊《おんりょう》になり、かつての恋人を捜して、山に近づくものを墓地に引き摺り込んでいる……こんなところかな」

「でも、実際にはそんな女いねえんだろ」

「勿論《もちろん》。でも、いいの」

あっけらかんと告げる三沙の言葉を、柊一が引き継いだ。

「怪異は人間の解釈によって変わる。俺たちが全身全霊をかけて、そういうものとして送れば、強制的に成仏させることができるんだ」

俺は棺《ひつぎ》が載っていない銀の台を見下ろした。

「それって、詐欺みてえだな」

三沙が小さく噴き出す。

「嘘が嫌いなんて、子どもみたい。大人なんだからもっと汚くならないと。人々を守るためには嘘が必要なの」

俺は答えずに外を見つめた。左右に並ぶ家々がやがて木々の梢《こずえ》に変わり、車は緩やかな山の斜面を登り出した。

黒い枝葉が、獣の爪のように窓を引っ掻《か》く。霊柩車は山道を走り続けていた。コン、とノックのような音がした。タイヤが撥《は》ね上げた小石が窓を打ったのだろう。顔を上げると、窓の向こうにみっしりと黒い木々が茂っていた。まるでへし折った木の枝を窓に押し付けたようだった。林がこんなに間近に見えるほど道は狭くなかったはずだ。

　木々の茂みは微《かす》かに蠢《うごめ》いている。いや、これは葉じゃない、毛髪だ。そう思った瞬間、黒いものの中央に、能面じみた真っ白な顔が浮かんだ。目は空洞で、凹凸のないつるりとした顔だった。裂け目のような唇が引き攣《つ》る。顔は俺を見て笑っていた。俺は呻《うめ》きを上げて後退《あとずさ》る。

「おい、窓の外に何かいるぞ！」

　前のふたりは全く気づいていないかのように平然と前を見ていた。

「聞こえてねえのかよ！」

　柊一はくたびれた溜息《ためいき》を漏らす。

「そうか、〝姉さん〟はここで亡くなったんだったな」

　戸惑う俺を置いて、三沙は沈鬱《ちんうつ》な面持ちで頷《うなず》いた。

「やっぱり成仏しきれないいんだろうね。結婚式を楽しみにしてたのに、あんなことになるなんて」

「同じお墓に入ろうって言われたらしいからな。死ぬ間際まであのひとの帰りを待っていた」

　ふたりは会話を続ける。これも偽葬の準備なんだろうか。もう既に始まっているのかもしれない。三沙が俺に視線を向けた。昨夜、車内で手の平を見せたときと同じ顔だった。死にたくないならままごとを続けろと言うんだろう。

俺は引き攣った喉《のど》から声を絞り出す。

「……姉さんは残念だったよな」

前のふたりは俺を一瞥《いちべつ》し、また何事もなかったかのように続ける。

「母さんが花嫁衣装を持ってきてくれるって。これで成仏してくれるといいんだけど」

「せめて天国でふたりが結ばれるのを祈るばかりだ」

俺は心臓が早鐘を打つ胸を押さえ、窓の外を盗み見る。顔はいつの間にか消えていた。


山頂の墓地跡で車を停めると、湿気を含んだ土と草の匂いが生々しく鼻腔《びこう》をついた。

俺たちが半日かけて掘り返した穴は、やはり跡形もなく埋まっていた。柔らかくけばだった土の下に、俺と同じ労働者たちが真新しい死体となって埋まっているんだ。

悪夢が蘇《よみがえ》り、えずきそうになる。蹲《うずくま》って粘ついた唾液《だえき》を吐く俺を余所《よそ》に、柊一は冷えとした夜の山を見渡した。

「いい山だ。墓地に最適だな」

俺は唾《つば》を拭《ぬぐ》って何とか頷いた。柊一は煙草を咥《くわ》えて火をつけてから、俺に箱とライターを投げる。

「祖母《ばあ》さんは風水の専門家なんだ。話によると、ここは地脈のエネルギーが溜《た》まる龍穴《りゅうけつ》の近くにあるらしい。古代中国で天子が政を行った明堂に近い。ここなら、姉さんも安心して眠れるだろう」

　俺は緊張を紛らわすために強く煙草を吸う。先端の火が燻《くすぶ》り、重い煙が肺を満たしてまた吐きそうになった。

「恭二、さっき偽葬を詐欺みたいなものだと言っただろ？」

「だって、そうだろ」

「身も蓋《ふた》もない話をすれば、葬式自体が生きている人間のための気休めみたいなものだ」

　柊一が苦笑する。

「古来、死者を弔う儀式にはふたつの意味があった。ひとつは生死の境にいる者の魂をもう一度身体に呼び戻すためのタマフリ。そして、もうひとつは確実に死んだ者が邪霊に変わらないよう鎮魂を祈るタマシズメ」

　俺は犬のように、柊一の立てた二本指に顔を近づけた。

「それが何だよ」

「昔は今と違って死者が確実に死んでいることを確かめる術《すべ》がなかった。だから、モガリという期間を置いて、遺体を長い間喪屋に安置し、遺族が見守る儀式があったんだ。でも、現代に近くなるにつれて、死者が明確に死んでいることがわかるようになった。そうしたら、もうタマフリは必要ない。今残っている葬式の儀式のほとんどはタマシズメ。死んだ当人のためじゃなく、生きている人間が危害を加えられないようにするための儀式なんだ」

俺は身を引き、灰色の煙を吐いた。

「あんたはこんな仕事してるから、そう思うんだろ」

柊一は片方の眉《まゆ》を吊《つ》り上げて疑問を示した。

「俺は婆さんが死んだとき、本気で婆さんのことを思って線香をあげたよ。天国も地獄もあるかわかんねえけど、苦労ばっかりだった婆さんがちょっとでも安らかに眠れるように願ったんだ。化け物になって俺に襲いかかってこないように、なんて考えちゃいなかった」

俺が言葉を区切ると、柊一は寂しげに笑った。

「苦労したんだな」

「話を逸《そ》らすなよ」

「死者を心から弔うのはいいことだ。でも、怪異はお前の育ての親とは違う。あれは無理やりにでも送り返さなきゃいけない脅威なんだ」

山道からエンジン音が聞こえた。柊一が携帯灰皿に吸殻を押し込む。

「母さんが着いたみたいだ。始めようか」

二台の霊柩車《れいきゅうしゃ》がぴったりと並んで山道に停まっていた。運転席から母役の女、五樹が現れる。後毛ひとつなく結い上げた髪が黒く光っていた。

「支度は整いました。柊一さん、恭二さん、運び出しなさい」

　俺は嫌々ながら柊一と共に霊柩車の後部を開ける。銀の台には、赤い布が張られた棺が鎮座していた。中には細かな刺繍《ししゅう》が施された白い着物と角隠し、金細工の簪《かんざし》が寝かされていた。結婚式のときに着る、白無垢《しろむく》だと思った。

「これを短時間で用意したのかよ」

「その筋の人間が協力してくれてるんだ。どんな偽葬にも素早く対処できるように」

　俺と柊一は棺の両端を抱えて運び出した。空の棺から、簪が擦れ合う音が響く。俺はなるべく見ないように下を向いて進んだ。

「ここでいい」

　柊一が指したのは墓地跡の中央だった。凹凸の激しい地面に棺を寝かせる。五樹が黒い額縁を胸に抱えて運んできた。平阪の家にあった、黒いリボンで縁取られた遺影だ。昨日見たとき中身は空だったはずだが、今はガラスの奥に朧《おぼろ》げな人間の顔が見えた。写真じゃなく、絵だ。しかも、遺影だというのにふたりの人物が描かれている。右側には白無垢を纏《まと》った花嫁、左側には黒の紋付袴《はかま》を着付けた花婿が、並んで座っていた。

　柊一が目を細めて五樹に問う。

「ムカサリ絵馬ですか。用意がいいですね」

「このようなこともあろうかと、山形の絵師に描かせておいたものです。冥婚を行うならこれ以上のものはないでしょう」

五樹が傾けた遺影は美術館に飾られていそうな、精巧な絵だった。淡い色使いで、花嫁衣装の刺繍が透けて見えるほど細かく描かれている。絵の中の女の下部には、「平阪花子《はなこ》」と記されていた。これが怪異を人間として弔うためにつけられた名前だろうか。

三沙がいつの間にか隣に来ていた。

「冥婚、知らないでしょ？」

「普通に生きてたら知らねえだろ」

「昔は結婚が大人として認められるための大事な儀式だったから、若くして未婚のまま亡くなったひとは兄弟や姉妹の結婚を妬《ねた》んで祟《たた》る悪霊になると思われてたの。それを防ぐために生まれたのが冥婚」

「あの絵がそれか？」

「そう。亡くなったひとと架空の花嫁や花婿が結ばれたことにして、絵の中で結婚式を挙げて、死者の無念を鎮めようとしたの」

「また祟られないために死人を追い払う儀式かよ」

「柊一兄さんに何か言われた？」

三沙は小馬鹿にしたように笑う。普段なら苛立《いらだ》っていただろうが、緊迫した空気の中では寧《むし》ろ安堵《あんど》した。俺に姉がいたらこんな風だったのかもしれないとすら思った。

「祟られないためだけじゃないよ。子どもに先立たれた親の祈りでもあるの。お葬式でお経をあげてもらっても、未熟な子の未来が断たれた悲しみまでは慰撫《いぶ》しきれない」

三沙は遺影の縁をそっと撫《な》でた。優しい仕草だった。

「冥婚の手段として代表的なこのムカサリ絵馬は、死が断絶でないという祈りが込められているの。あの世でも年を重ねて、結婚して幸せに暮らしてほしいっていう願い。そして、遺《のこ》されたひとたちがあの世に行ったとき、再び成長した彼らと巡り合えたら嬉《うれ》しいよね」

絵の中の夫婦は初々しく緊張しつつも微笑んでいるように見えた。俺はかぶりを振る。

「怪異を憎んでるっつってたよな。それなのに、そんなに優しい弔いをしてやるのか」

三沙は唇の端を吊り上げた。

「終わったら教えてあげる」

柊一たちは俺を放置して偽葬の準備を整え始めた。棺《ひつぎ》を取り囲むように蠟燭《ろうそく》が突き刺され、盆に載せた線香と共に火が灯《とも》される。月見団子のような白く丸い団子が膳《ぜん》に盛り付けられる。柊一と三沙は頭陀袋《ずだぶくろ》に生米と紙の銭を流し込み、数珠《じゅず》と杖《つえ》と併せて棺に入れた。五樹が何処からか冴え冴《さざ》えと光る鉈《なた》を持ち出し、白無垢の腹の上に載せた。

夜闇の下で蠟燭の炎がぼんやりと赤く揺れ、地上に星が落ちたようだった。三沙は霊柩車から白い着物を引き摺《ず》り出し、喪服のワンピースの上から羽織った。黒い襟が着物の合わせ目から覗《のぞ》いていた。

五樹は背筋を正して俺に言う。

「恭二さん、古事記を読んだことはあるのですか」

俺はまさかと首を振る。

「平阪家の者なら頭に入れておきなさい。あれには古代の葬送の儀式が記されています」

五樹はこんなことから教えなければいけないのかと言うように、眉間《みけん》に指をやって語り出した。

「葬送には各々の役割が肝心です。古事記において天つ神に射殺された天若日子《あめのわかひこ》の弔いの項では、儀礼に携わる人々の役割が鳥たちに仮託されて記されています。掃持《ははきもち》、碓女《うすめ》、哭女《なきめ》、尸者《ものまさ》、造綿者《わたつくり》、宍人者《ししひと》……」

呪文のような言葉に圧倒されていると、五樹は更に鋭く言った。

「掃持は喪屋を掃き清める者、碓女は御霊膳を作る者、哭女は死者への哀悼を告げる者、尸者は死者に代わって御霊膳を召す者、造綿者は死者への衣を縫い着せる者、宍人者は死者への供物を捧《ささ》げる者です。我々平阪家は偽葬に応じて各々の役目を全うします」

「古事記と偽葬に何の関係があるんだ」

「こうした文献に記されている者の中には偽葬屋の祖先があります。古来、我々は怪異を弔い鎮めて来ました。貴方《あなた》も平阪家の一員であるのなら役割を見つけなさい」

「俺は……」

反論する前に、五樹は俺を真っ直ぐに見据えた。

「不満ですか」

「そりゃそうだろ。こんな訳わからねえことに巻き込まれて……」

「怪異とは常に理不尽で不可解なものです。人生と同じでしょう？　恭二さん、貴方が生き残るためです」

一切の歪《ゆが》みなく背筋を伸ばす五樹の姿がどこか悲痛に感じた。着物の襟から覗くうなじに、闇の中でもわかるほど赤い火傷痕《やけどあと》が見えたからだ。この女は夫と子どもを怪異に焼き殺されたと聞いた。こうするしか生きる術《すべ》がなかった。俺も同じようなものだと思いつつ、違うと言いたい気持ちもあった。

森の奥からざわめきが響き、鳥たちが暗黒に向けて一斉に飛び立った。鳥たちは弔いに必要な人々の役割を仮託されたらしい。

五樹が一層暗くなり始めた空を睨《にら》む。

「時間です」


全員が横一列に並び、地面に腰を下ろした。火影は風に揺れ、水銀燈《すいぎんとう》のように夜の山を照らしている。焚《た》かれた線香の香りが、屋外を霊廟《れいびょう》の中のように錯覚させた。地面に寝かされた棺の横には、歪《いびつ》に膨れた死体袋に似た袋が置いてある。偽葬の道具が詰まっているんだろう。

俺は一番端に座り、柊一の横顔を見た。散々掻《か》き回したせいで柔らかくなった土がじっとりと俺の脹脛《ふくらはぎ》にまとわりつき、石ころや砂粒が膝《ひざ》に嚙《か》みついた。俺の真下に、埋まっている死者たちの顔があるような気がする。何故お前だけ生きているんだと、怨嗟《えんさ》と苦悶《くもん》の呻《うめ》きが聞こえるように思えた。今にも柔らかい泥を破って、死人の手が俺の足を摑《つか》むんじゃないか。土中から出ようともがいて爪が割れ、肉と骨が見えるほど削《そ》げた指先が。

「平阪花子！」

鼓膜を劈《つんざ》くような叫びが耳を突き抜け、心臓を引き絞った。妄想が風と共に薙《な》ぎ払われる。

三沙が立ち上がり、白い着物を風にはためかせながら叫んでいた。山に迷い込んだ家族を捜しているような、胸が締めつけられる声だった。三沙は着物の裾《すそ》を揺らして何度も名を呼ぶ。五樹が懐から筒を取り出し、棺の前で振った。ざらざらと米櫃《こめびつ》をかき混ぜるような音が響く。

呆気《あっけ》に取られる俺に、柊一が囁《ささや》いた。

「魂呼《たまよ》ばいだ。死者の名前を大声で呼んで空中に遊離した魂を身体に呼び寄せるんだ。振り米も、生命力の根源である米を使って、生死の境にあるものをもう一度繫《つな》ぎ止める役割がある」

「死人でも人間でもねえのにか」

「死者として弔うことが偽葬の前提だ。俺たちが整えた盤面に相手を乗せる」

三沙が叫ぶのをやめ、静かに瞑目《めいもく》する。五樹と柊一が同時に手を合わせ、祈るように俯《うつむ》いた。俺はふたりに倣って両手の平を合わせる。死者のために祈るのは婆さん以来だ。肉親を弔うのはあれで最後だと思ったのに。今、家族でもない連中と、化け物を鎮めるために祈っている。俺は目を閉じなかった。この山にいるのは死者でも何でもない。俺を殺そうとした化け物だ。

五樹が目を見開き、袋から水筒を取り出した。古式ゆかしい法具の中では異質な、ステンレスの水筒だった。五樹は手の平の窪《くぼ》みに水を受け、腰を浮かせ、溜《た》まった雫《しずく》を棺に流し込む。白布をかけた枕が水滴を吸い、薄い斑点《はんてん》を作った。

柊一が低い声で告げる。

「末期の水だ。これで臨終が確定した。もうすぐ来るよ」

「来るって、あの化け物が？」

「もう来てるかもな。棺に蓋《ふた》を」

柊一は腰を上げた。三沙と五樹が袋から竹箒《たけぼうき》を取り出し、素早く地面を掃く。泥に流水のような跡がつく。棺には相変わらず白無垢《しろむく》と簪《かんざし》以外入っていない。何かが変わったようには見えなかった。花嫁衣装の中央に渡された鉈が、火影を映して血を塗ったように光っていた。

偽葬屋たちは棺に白木の蓋を被《かぶ》せる。順番に五寸釘《ごすんくぎ》が配られ、最後に俺にも手渡された。悴《かじか》んだ指先に鉄の冷たさが沁《し》みる。三人が棺の脇に立ち、木板に釘《くぎ》を打ち付けた。俺は震える手を擦《こす》って、左下の隅に釘の先端を押し付け、近くにあった石を振り下ろした。目測を誤って指先を打ちそうになる。石が釘の側面を殴りつけ、くの字に歪んだ。柊一の眼差《まなざ》しが突き刺さる。俺は歪んだ釘を何度も打ちつけ、分厚い木の奥へと楔《くさび》をねじ込んだ。

五樹が棺の蓋が固定されたのを確かめ、俺と柊一に呼びかけた。

「出棺です」

俺は言われるままに棺の頭側に回り込んだ。棺の端に触れ、柊一と目を合わせて持ち上げる。思わぬ重みにふらついた。着物と飾りしか入っていないはずの棺がずっしりと重い。身体にまとわりつく冷たい夜風が、死人の肌のように感じられた。恐怖か、重量に耐えかねたのか、両腕が震え出す。

「恭二、しっかりしろ。姉さんを送るんだろう」

俺は歯を食い縛り、棺を持ち上げた。

「左廻《まわ》りに三回棺を回せ」

俺は言われるがまま、踵《かかと》で地面に円を描くように周回する。棺の中から何かがぶつかる重い音と、ぱさりと乾いた音がした。遠心力で中の遺体が棺の壁に頭をぶつけたように。

俺は自分に言い聞かせる。これは全部錯覚だ。異様な儀式に呑《の》まれて、自分までいかれ始めただけだ。死なないためにやっているだけの芝居だ。棺には何も入っていない。

三沙と五樹が蠟燭の火の上に、細く縒《よ》り合わせたゴザのようなものを翳《かざ》していた。竹の繊維で編んだ、巨大な注連縄《しめなわ》のようにも見える。

「竹の仮門だ。これに棺を潜らせた後は葬列を組んで墓地へ向かう」

「墓地って、ここが墓地じゃねえのかよ！」

「これは偽葬だ。まだここは家族に看取《みと》られて逝った、平阪花子の生家なんだ」

俺は肩で耳を塞《ふさ》ぎ、目を閉じて一気に走った。炎で炙《あぶ》られた仮門が熱気の輪を作っている。熱い空気を抜けた瞬間、柊一が短く叫んだ。

「止まれ！」

爪先《つまさき》が柔らかい土を踏み込み、身体が傾いた。俺は足を踏ん張って目を見開く。眼前の地面が、竜巻が起こる直前のように渦巻いていた。さらさらと流れる砂の中でもがくように小石が躍る。

次の瞬間、黒い土が波のようにざばりとそそり立ち、地下に向けて一気に流れ出した。誰も何もしていないのに、地面に巨大な穴が空いていく。土に線を引いたような四角い穴が見る間に広がり、抉《えぐ》り取られた木の根や大きな石を覗《のぞ》かせた。土の壁が何かを吐き出すかの如く蠢《うごめ》き、穴の中に硬いものが落ちる。泥で茶色く染まったダウンジャケットの袖《そで》。その先端に同じく土まみれの指が五本あった。爪は剥《は》がれてもなければ、肉や骨が露出してもいない。俺と同じように訳もわからず殺された人間の死体だ。あれは俺の末路なんじゃないか。もう駄目だと思った。

足が震え、独りでに逃げ出そうとする。腕の筋肉が引き攣《つ》り、寒さと重みで棺《ひつぎ》を手放しかけた。柊一が声を上げる。

「しっかりしろ」

「無理だろ、だって、腕が」

「今、偽葬をやめたら俺もお前もこうなるぞ」

柊一の顔は夜闇と月光でいっそう蒼白《そうはく》さを増していた。黒い双眸《そうぼう》が俺を見つめている。俺が逃げ出そうとしても、引き留めるそぶりはなく、ただ何かを訴えるように見ているだけだった。俺は柊一の足元に視線を下ろす。喪服のスラックスから覗く黒い靴下が、白に変わっていた。唐突な違和感に胸がざわつく。いつの間に穿《は》き替えたのか、そんなことまでする必要があったのか。

いや違う、あの白いものは靴下じゃないとわかった瞬間、吐き気と眩暈《めまい》に襲われた。枯れ木のように細く節くれだった指が、柊一の足首を握っていた。そして、自分の足にも、靴下の隙間から氷を滑り込まされたような冷たさを感じる。

柊一は顎《あご》を引いて頷《うなず》く。これでわかっただろうと言いたげだった。

俺は歯を食いしばり、棺を持つ手に力を込めた。目の前の地面には横長の空洞ができていた。ちょうど棺ひとつを収められる大きさだ。偽葬を続ける限りは殺されない。そう信じるしかない。足の冷たさは感じなくなった。

「埋葬を」

柊一が告げる。穴底には木の根と石の塊、切断された腕が転がっていた。腕を押し潰《つぶ》したくはないが、退《ど》けに行く勇気はない。

　俺は柊一と息を合わせ、棺を投げ込んだ。ひゅっと風を切り、棺が黒い穴に吸い込まれる。一拍置いて、重い衝撃音が響いた。肉と骨が押し潰される不快な音も聞こえ、俺は耳を塞ぐ。

「恭二、まだ終わっていないぞ。土葬はまず近親者が一握りの土を棺にかける。始めるんだ」

　柊一が白い息を零《こぼ》しながら唇を震わせた。三沙と五樹が駆け寄り、地面にうずたかく積み上がった土を掬《すく》って棺にかける。白い棺の蓋の一点が、墨汁を垂らしたように汚れた。柊一は土を摑んで穴底へ放る。俺も柔らかく手の中でぼろぼろと崩れる土塊《つちくれ》を握った。棺に被せる前から土は形を失い、手汗で溶けて爪や指にへばりつく。風が強くなってきた。

　俺は両手で泥の塊を掬い、手を広げて放り投げた。旋風が砂塵《さじん》を舞い上げ、土が浚《さら》われる。一握り分は棺の上に届いただろうと思った矢先、耳元で鼓膜を舐《ねぶ》るような風音が響いた。

　星明かりを覆い隠す、背の高い木々の向こうから黒い風が吹き寄せている。風圧に耐えかねた小枝が折れる音まで聞こえた。林の奥から黒いものが徐々に近づいていた。巨大な獣が長い毛を風に躍らせながら駆けてくる。あれだ。あの怪異が迫って来る。

　柊一が張り詰めた声で言った。

「土葬を終えろ。後もう少しで偽葬が完結する」

三沙たちが袋からスコップを取り出し、俺に押し付けた。錆《さ》びて塗装が剝がれかけた持ち手が手の皮を刺す。俺はスコップを受け取り、地面を抉って撥《は》ね上げるように土を投げた。穴を掘り、棺に土をかける柊一の顔にも汗が滲《にじ》んでいた。

穴は深く、土は棺を隠す前に砕け散る。焦りが汗となって全身から流れ出し、スコップを握る手が滑りそうになる。昨夜と同じだ。存在しないものを埋めるために地面を掻《か》き続けている。また、同じことになるんじゃないか。

顔に泥水をかけられたと思うほど間近に土の匂いが押し寄せた。真っ黒な怪異は、凹凸の激しい地面を蹴立《けた》てて、羊のように跳ねながらこちらに向かってくる。棺が埋め終わらない。

震える唇を嚙《か》み締め、必死で土を投げ続ける。足元の泥を削るたび、俺と柊一は追い詰められるように後退した。靴の下の土がもぞもぞと蠢き、爪先の地面が崩れて穴底へ降り注ぐ。一歩踏み間違えれば落下しそうだ。泣き言が漏れそうだったが、誰に助けを求めればいいかわからなかった。

一呼吸おくために地面にスコップを突き立てたとき、踵が宙に浮いた。土の下に埋まっていた太く長い木の根を抉り出してしまったらしい。支えを引き抜かれた土が一斉に崩れ出し、俺の身体が前のめりに落ちていく。

棺の許《もと》へと落下しかけた俺の両肩を、柊一が強く引いた。俺は柊一に乗り上げるように倒れる。硬い骨と肉の感触が背に伝わった。仄暗《ほのぐら》い星空を仰ぐ。月の代わりに、白い顔が俺を見下ろしていた。

ひび割れた能面のような怪異の顔が。

偽葬は失敗したんだ。俺はまた地中へ引き摺《ず》り込まれる。俺だけじゃなく、平阪家の奴らも。

遠のきかけた意識を、柊一の声が繋《つな》いだ。

「棺は？」

俺の背の下で柊一の薄い腹が震えた。怪異の白い顔が俺に迫る。口のような裂け目から、戻しそうになるほど濃厚な土の匂いが漏れていた。怪異は生臭い息を吐く。三沙が叫んだ。

「埋まった！」

その瞬間、辺りが白く染め上げられた。


俺は我が目を疑う。目の前に、古風な屋敷然とした畳張りの部屋が広がっていた。床の間には菊の花を活《い》けた青磁の花瓶が置かれている。障子から微《かす》かな白い光が差し込み、真新しいい草を照らしていた。

ここはどこだ。怪異と柊一たちはどこに消えた。俺は辺りを見回す。部屋の中央に、女がいた。白い着物を纏《まと》い、艶《つや》のある長い髪で顔を覆い隠して項垂《うなだ》れている。細い肩が震え、押し殺した声が髪の間から漏れていた。泣いているんだとわかった。この女は誰だ。

女は啜《すす》り泣きながら顔を擦《こす》る。桜貝のような爪の先に、金の簪《かんざし》が握られていた。俺は無意識に女に歩み寄り、声を聞き取ろうと屈《かが》み込む。女が俺に気づいて顔を上げた。一瞬、ひび割れた能面のような顔が出現し、襲いかかって来るのを想像した。だが黒髪の隙間から現れたのは、泣き腫《は》らして目を真っ赤にした、頼りなげな普通の女の顔だった。

「恭二……」

女は細い声で俺を呼び、再び泣き出す。何故俺の名前を知っているのか、疑問にも思わなかった。俺は考える前に女の肩を抱いていた。折れそうなほど痩《や》せた身体だった。

女が俺に縋《すが》りつく。

「あのひと、帰ってこないの。手紙の返事もないの」

温かい涙が俺の胸を濡《ぬ》らした。

「嘘つき。あのひと、ずっと一緒だって、一緒に歳を取って、同じお墓に入ろうって言ったのに」

頭の中の冷静な部分が、この女は怪異だと告げていた。三沙が作った偽葬の物語を被《かぶ》せられ、婚約者を失って悲しみの果てに死んだ女だと思い込まされている怪異だ。

「恭二、あのひとは私を騙《だま》していたの？　全部嘘だったの？」

怪異だとわかっているのに、俺は両手に力を込めて女の背を摩《さす》っていた。俺も同じだった。いつか迎えに行くと言って戻らなかった兄を夢に見たとき、夢の中でさえも顔を思い出せないとわかったとき、俺は布団から飛び出して婆さんに泣きついた。兄貴は俺を騙したのか、俺が嫌いだから戻ってこないのかと。

俺は婆さんがしてくれたように、女の背筋をなぞる。

「嘘じゃねえよ。騙す気なんかなかったんだよ」

女はいっそう激しく泣き出した。

「怪我をしたとか、もしかしたら、死んじまったとか、俺にはわかんねえけど、きっと理由があって戻れないだけなんだよ」

「本当？　あのひとが言ったこと、嘘じゃないの？」

「そうだよ。きっと、向こうも約束を守れなかったことを後悔してるはずだ」

俺の首に回された女の手の中で、金の簪が鈴のような音を立てた。

「いつか、あのひとの骨が戻ってきたとき、必ず同じ墓に埋めてやるから。安心して眠っていいんだよ……姉さん」

女はしゃくり上げながら身を引いた。赤く腫れた目が、花嫁の化粧のように見えた。女は手の甲で顔を拭《ぬぐ》い、照れたように笑う。弟に恥ずかしいところを見せたというような、普通の姉の微笑みだった。

「恭二、私は先に逝ってしまうけど、みんなをよろしくね」

俺は頷《うなず》く。目の前が滲んで女の顔を歪《ゆが》ませた。

「ありがとう」

最後に響いた女の声は、優しかった。

冷たい夜風で我に返る。辺りは山の中に戻っていた。土の匂いが漂い、蠟燭《ろうそく》の炎が闇を炙《あぶ》っている。柊一の苦しげな呻《うめ》きが聞こえ、俺は咄嗟《とっさ》に立ち上がった。

目の前にあったはずの穴は、綺麗《きれい》に土を平らにされて跡形もなく消えている。偽葬屋たちは戸惑っているような表情を浮かべていた。柊一は泥を払って立ち上がった。

「恭二、何を見た？」

真っ白な着物の女の微笑みがまだ網膜に焼き付いていた。

「白無垢《しろむく》の女が部屋にいて、簪を握ってて、騙されたのかって泣いてた。俺の名前を呼んで、弟だと思ってた……」

「それで？」

「俺が、『あのひとは騙したんじゃないから安心して逝ってくれ』って言って……そうしたら、『ありがとう』って笑ってた」

「怪異を説得したのか？」

「わかんねえよ。ただ、俺は……その女が泣いてたから」

柊一は苦笑を浮かべた。三沙と五樹は安堵《あんど》と驚愕《きょうがく》が入り混じった顔をしていた。

林の奥から風が吹く。土の匂いが絡んでいない、清新な新緑の香りの風だった。いつの間に時間が経っていたのか、山際から仄《ほの》かな陽光が差し込んでいた。空は徐々に色が薄くなり、濃紺から朝日の紅に変わる。怪異の姿はなく、地面に穴はない。

柊一は顎《あご》を上げて告げた。

「偽葬は成功した」

霊柩車《れいきゅうしゃ》の中で泥のように眠り、目覚めたときには正午を回っていた。全身が固まって節々が痛む。大きく伸びをすると、助手席の三沙が呆《あき》れたように言った。

「よく眠っていたね」

「うるせえな。訳わかんねえ仕事に巻き込まれてやっと無事で帰れたんだ。そりゃ寝るだろ」

運転席の柊一が「大物だ」と笑う。

「初めてにしては大成功だった。お前を連れ戻してよかったよ」

「まだ家族ごっこかよ。いつ終わるんだ」

「終わる訳がないだろ。怪異はあれだけじゃない」

柊一は背筋が寒くなるような言葉を吐いて、ハンドルを切った。

「あれからどうなったんだよ」

三沙は少しの沈黙の後、言った。

「偽葬は完了。私たちは貴方《あなた》の分まで後片付けをして、母さんは一足先に帰った」

「……あそこで殺された奴らは？」

「本物の死者は私たちの領分じゃない。警察が調査した後、連携している寺院が無縁仏として弔ってくれるよ」

「本物の死人に対しては簡単なもんだな」

三沙は肩を竦《すく》める。

「柊一、三沙」

ふたりは兄妹《きょうだい》らしく同時に振り返った。

「やっと名前で呼んだね」

「ようやくお前も腹を括《くく》ったか」

俺は手を振ってふたりの可笑《おか》しげな視線を振り払う。

「うるせえよ。それより、偽葬は終わったんだろ。この車はどこに向かってんだ」

「挨拶《あいさつ》に行かなきゃいけないひとがいるから」

見覚えのある一軒家が車窓に映り込んだ。ひび割れた壁と、アロエの鉢、犬の置物。

あの山の持ち主だった白村の家だ。

俺たち三人が車を降りると同時に、白村が玄関から現れた。リウマチで歪んだ手を摩りながら、白村は深々と礼をする。

「皆さん、ご無事でよかった」

柊一は軽く会釈を返した。

「詳しいことは言えませんが、明日《あした》からもうあの山で死人は出ないと思います」

「本当にありがとうございました。私の不始末なのに、皆さんにご迷惑をおかけして……」

俺は首を横に振る。

「白村さんのせいじゃないって言っただろ。俺たちも全員無事だったし、そんなに頭を下げるのはやめてくれよ」

白村は緊張の糸が解けたように穏やかに微笑んだ。やっぱり婆さんに似ていた。

白村は「少ないですが」とよれた茶封筒を差し出した。柊一は仰《の》け反《ぞ》って突き返す。

「謝礼なら国からもらっています」

「ですが……」

白村は何かを思い出したように懐を探り、握った拳《こぶし》を差し出した。

「金は要らないと言ったはずですが」

「いえ、今朝役所の方がうちにいらして、こちらを渡されたんです。皆さんのうちの誰かの持ち物じゃないかと思って……」

小さな手の中に入りきらないものが指の間から覗《のぞ》いていた。白村が手を広げる。高価そうなダイヤモンドを散らした腕時計と、龍《りゅう》を模した金のネックレスだった。

頭を殴られたような衝撃が走った。俺に仕事を回した業者の事務所に押しかけたとき、ビルから出てきた親玉らしい連中がつけていたものだ。腕時計もネックレスも一見すると綺麗だが、ベルトやチェーンの隙間に土がこびりついている。

柊一は、明日から山で死人は出ないと言った。だが、今日はどうだ。偽葬を終えたのは今朝だ。俺が気絶するように眠っている間、柊一たちは何を見たのだろう。

柊一は平然と白村に告げる。

「こんな悪趣味なものをつける人間は平阪家にはいません。売り払って構いませんよ。少しは金になるでしょう」

「ですが……」

「嫌なら焼くなり捨てるなりしてください。長く手元に置くべきものじゃない」

白村は困ったように腕時計とネックレスを見比べ、懐に戻した。

俺たちが霊柩車に乗り込んで立ち去るまで、白村は指先がアスファルトにつきそうなほど腰を折り曲げて見送った。一軒家が遠ざかる頃、白村は姿勢を正し、後部の窓に向けて小さく手を振った。俺は少し迷ってから振り返した。

車窓に映り込むのは閑散とした街並みだった。レンタルビデオショップ、学習塾、ドラッグストア。日常に帰ってきたのだと思いつつ、薄紙一枚隔てたような疎外感があった。

訳のわからない怪異と、それに対抗する人々を見た。この廃れた街も、偽葬屋に守られているのだろう。

俺は前方のふたりの頭を睨《にら》んだ。

「柊一、どういうことだよ」

「何のことだか」

「とぼけんなよ。俺に仕事を回した奴らの元締めはどうなった」

柊一は煙草を咥《くわ》えながら片手でハンドルを操作する。

「因果応報だ。怪異は偽葬で成仏したが、最後の最後に自分を利用した連中を始末していきたかったのかもしれないな。俺たちの知ったことじゃない」

「利用したってなら偽葬屋も同じじゃねえか」

「とんでもない。俺たちは手間と時間と命をかけて送ってやったんだ」

柊一は言葉を区切り、含み笑いを漏らした。

「怪異というのは災害と似てる。地震や雷に殺意がないのと同じだ。そんなものを恨んでも仕方ない。でも、人間には悪意がある。そいつらを野放しにしておくと厄介だろ」

「あんたは怪異が奴らを襲うとわかってて止めなかったってことかよ」

助手席の三沙が歯を覗かせた。

「弟を奪われかけたんだから、ちょっとくらい意趣返ししてもいいでしょ」

何か言おうとして、俺の腹が唸《うな》るような音を立てた。柊一が楽しげに言う。

「生きてれば腹が減る。飯にしようか」

幹線道路沿いの蕎麦屋《そばや》に入り、藍《あい》の座布団をかけた硬い長椅子に腰かける。醤油《しょうゆ》の匂いの湯気が漂って、空っぽの胃が更に鳴った。俺は柊一と三沙に相対しながら、運ばれてきた天ぷら蕎麦を啜《すす》った。出汁《だし》を吸ってふやけたかき揚げが胃の底に落ちて、腹の中で広がる。生きていると実感した。

三沙は蕎麦湯に口をつけながら、挑むような視線で俺を見た。

「何で怪異を恨んでるのに偽葬をするのかって言ったでしょ」

「ああ、昨日の夜な」

「私たちにはわからなくても、怪異には何か強い恨みや妬《ねた》みがあるかもしれない。それなのに、ただ可哀想なひととして弔われて、騙《だま》されて成仏するなんてすごく冒瀆《ぼうとく》的でしょ。だから、私は偽葬をするの。仕返しとしてね」

俺は深く溜息《ためいき》を吐いた。一瞬優しげに見えたと思った自分が馬鹿だった。

「あんたらには付き合いきれねえよ。これっきりだ」

「偽葬は嫌い？　嘘が嫌い？」

「どっちも」

俺はどんぶりを傾けて温かい汁を飲んだ。

「あの怪異が女になって出てきたとき、昔の自分を思い出した」

柊一と三沙は目を丸くする。

「……兄貴がいたんだよ」

「今もいるよ」

「柊一、あんたじゃねえよ」

俺はどんぶりを木のテーブルに置いた。

「家族がバラバラになって、俺は婆さんに預けられて、兄貴は何処か別のところに引き取られた。顔も名前も覚えてねえし、生きてるのかもわかんねえけどな。兄貴は俺に『いつか迎えに行く』って言ってそれっきりだ」

「信じてずっと待ってたのか？」

「諦《あきら》めたけど、どっかでそう思っていたかったのかもな。俺も怪異と同じだ。騙された」

柊一は漂う湯気に目を細めた。

「騙されてない。お前が山の怪異に言ったのと同じだ」

「偽葬みたいなことすんなよ。俺は死んでもねえし、化け物でもねえよ」

俺が睨むと、柊一はほとんど食べていない蕎麦を箸《はし》で突《つつ》いた。

「やっぱりお前は平阪家に必要だよ。才能がある」

「馬鹿言えよ」

「本気だ。偽葬において、お前の役目は哭女《なきめ》だろうな」

「なきめ？」

三沙が割り込んだ。

「生死の境を彷徨《さまよ》う者には泣きついて魂を呼び戻し、死んだ者には心からの哀悼を告げる役目だよ」

「お前は俺たちの中の誰とも違う。怪異を心から悼んだ。葬儀には必要な人材だ」

冗談じゃないと言おうとした俺を、柊一が遮った。

「お前のもうひとつの才能は、怪異を引き寄せることだ。今回の案件が呼び水となって、これからも狙われるだろう。お前が生きるためには、平阪になるしかないんだよ」

俺はこめかみを押さえて息を吐いた。婆さんが死んでから、もう二度と家族と呼べる存在はできないと思っていた。それがどうだろう。異常な集団の一員だ。

柊一の言葉が本当なら、あんな目にまた遭うのはごめんだ。だが、他に行くところもない。

「生きるために弔え、ってか」

「古来人間はそうしてきた」

兄を名乗る男は空虚な笑みでそう言った。

二章

少し前まで、独りでネットカフェやドヤ街の安宿に寝泊まりしていたのが嘘のようだ。

今は巨大な日本家屋の和室で、畳に布団を敷いて横になっている。絶えず線香の匂いが漂い、老人の咳《せき》や念仏が聞こえる奇妙な家だ。明かりを消しても、外の塀に吊《つ》るした赤提灯《ちょうちん》の光がぼんやりと部屋を染め上げ、天井の木目に赤い影を作る。障子の向こうから折れた石燈籠《どうろう》の影が伸びてくる。

平阪家に加えられてから五日経ったが、いまだに慣れない。あれから全員が顔を合わせることはなかった。老夫婦はどこかの寺に祈禱《きとう》に呼ばれ、父親役の四朗《しろう》は警察との調査に出かけたきりだ。全員が今までの人生を捨て、同じ家で家族として暮らしている他人同士だ。俺もいつか柊一たちのように、こいつらを家族だと思うのだろうか。

俺は邪念を振り払うように枕に額を擦《こす》り付けた。俺の家族は死んだ婆さんだけだ。そう言い聞かせ、眠りにつこうとしたとき、するりと襖《ふすま》が開いた。

廊下から暗い橙《だいだい》の明かりが差し込み、人影を浮かび上がらせた。俺は薄目を開けて確かめる。母親役の五樹が佇《たたず》んでいた。いつもはプラスティックのように固めている結い髪を下ろし、喪服から着替えて薄い寝巻きを纏《まと》っていた。五樹はじっと俺を眺めている。

幼い子どもの寝室を見に来た母のような佇まいだ。不気味さを感じると同時に、この女にも子どもがいたんだと思い返して言葉にならない気持ちになる。

「母さん、恭二がどうかしましたか」

廊下の奥から柊一の声が聞こえた。五樹は静かに襖を閉めた。

「柊一さん、何故彼を連れてきたのですか」

苦渋に満ちた声だった。

「それしか助ける術《すべ》がなかったからです。それに、恭二はうちに必要な人材でしょう」

「わかっています。ですが、私の気持ちも考えてもらいたいものですね。明里《あかり》さんに合わせる顔がありません」

衣擦《きぬず》れが聞こえ、五樹が遠ざかる足音が響いた。俺は布団の中で硬直する。明里は俺の母親の名前だ。親戚《しんせき》の話では、親父が死んだ直後、俺と兄貴を抱えて川に飛び込もうとして、結局自分ひとりで逝ったらしい。何故、あの女が俺の母親を知っているんだ。

途端に布団が死人のように冷たく重くなったような気がして、俺は足先を擦り合わせた。


翌朝は平阪家の全員が揃っていた。

広間の遺影と布団は片付けられていたが、部屋の奥には白菊の花輪を吊るせるよう支柱が置かれ、線香は絶えず煙を流している。中央にいつでも布団や棺《ひつぎ》を置けるようにするためか、テーブルはなく、皆が膳《ぜん》でそれぞれ朝食を摂《と》っていた。

今日の献立はハムとキャベツの炒《いた》め物と白飯とスープだった。和食以外も出るのかと思いつつ、箸をつける。炒め物は塩辛く所々焦げていて、スープは味がしない。ここで出る飯が美味《うま》いのだけが救いだったが、今日はその救いもなさそうだ。不思議に思っていると、五樹が向かいに座る四朗を見据えた。

「お父さん。お仕事でお疲れとは言え、もう少し料理を学んだ方がよろしいのではないですか」

「……すまない」

四朗は大柄な身体を縮こめた。こいつが料理当番だったのか。鬼嫁の尻《しり》に敷かれる夫らしい光景に思わず苦笑を漏らすと、四朗から鋭い視線が飛んだ。この男は会うたびに何故か俺を敵視しているようだ。睨《にら》み返そうとしたとき、片目の老人が大声で笑った。

「四朗も大変だなあ。俺が若い頃は男子厨房《ちゅうぼう》に入らずって言われたぐらいだが」

三沙が焦げた炒め物を頬張りながら言う。

「じゃあ、お祖母《ばあ》さんは苦労したでしょ」

老女は首を横に振り、「没有那回事」と答えた。意味はわからないが、否定したのだろう。

「三沙にはわからねえだろうが、俺たちの頃は男は外で稼いで、女は家を守るもんだったんだ。そこに不満なんかねえよなあ、ばあさん」

老女は赤べこのように何度も頷《うなず》いた。こいつらが普通の家族を演じるのはいつものことだが、今は新鮮な違和感がある。昨夜の五樹の言葉が耳から離れない。平阪家の連中は、俺の何を知っているんだろう。

四朗は早々に朝食を終え、腰を上げた。

「恭二、話がある。食べ終えたら外に来なさい」

形だけは父親らしく振舞っているが、表に出ろとはまるで喧嘩《けんか》を売るようだ。俺はぱさついた白飯をスープで流し込んだ。

玄関に置きっぱなしの雪駄を突っ掛けて外に出ると、門柱の前で四朗が待っていた。訪問に来た部外者のように見える。

「話って何だよ」

俺が歩み寄ると、四朗は腕を組んで俺を見下ろした。家の中にいるときの身の置き場のなさそうな顔とは違う、厳格で隙のない表情だった。

「出淵《でぶち》恭二、俺に見覚えはないか」

俺は息を呑《の》む。五樹といい、俺のことを知ってるのか。平阪家が隠している何かを明かそうとしているのか。俺が首を横に振ると、四朗は更に目を吊り上げた。

「俺は覚えてるぞ。バイク泥棒の高校生」

俺は思わず呻《うめ》いた。どこかで見た覚えがあると思っていた。

「あんた、あのときの刑事かよ！」

「やっと気づいたか」

記憶がやっと結びついた。こいつは、ろくでもない仲間とつるんでいた高校生の頃の俺を補導した。そのときも、腕を組んで俺を見下ろしてきた。

落胆と安堵《あんど》が同時に訪れる。

「何だよ、そんなことか。俺はてっきり平阪家に関係があることかと……」

「犯罪をしといて『そんなこと』か？」

四朗は俺ににじり寄る。デカい身体が影を落とし、俺に覆いかぶさった。

「相変わらずろくでもないことに手を出して生きてきたようだな。偽葬は金目当てにやるものじゃない。考え直せ」

「うるせえよ。生きるためにはしょうがねえだろ。バイク泥棒だって地元の先輩に言われてしょうがなくやったんだ。刑事が他人に死ねって言うのかよ」

「邪《よこしま》な気持ちで関わるなと言っているんだ」

初めて見たときから、高圧的な態度が気に食わなかった。俺は鼻先が触れそうなほど近づいて睨《ね》めつける。

「お前こそ刑事が何でこんなことやってんだよ」

「市民を守るためだ。刑事も偽葬屋も同じことだ」

「高尚なこと言いやがって。三沙から聞いたぜ。平阪家の連中はみんな怪異を恨んでるって。お前も復讐《ふくしゅう》か何かだろ。刑事のやることじゃねえよ」

四朗は俺を見下すように唇を結んだ。苛立《いらだ》ちで身体が熱くなる。

もう一言言ってやろうと思ったとき、家の方から柊一の声がした。

「父さん、恭二、外で親子《おやこ》喧嘩《げんか》はやめてくれないか」

「あんたには関係ねえだろ」

柊一は煙草を挟んだ手で道の先を指した。

「客が来た。と言っても同業者だが」

「同業者……？」

通りの角を曲がったところに三つの人影があった。

三人とも女だ。還暦は超えたらしい白髪交じりの女の左右を、芸者のように肌を白く塗った四十代の女と、二つ結びの素朴な女子高生と思《おぼ》しき少女。皆、喪服だった。

顔は似ていないが、雰囲気が似通って、大中小のこけしが並んでいるように見えた。

女子高生がいがみ合う俺と四朗に目を留め、口を覆って笑った。他のふたりもさざなみが伝播《でんぱ》したように笑う。

四朗は素早く俺を撥《は》ね除《の》けて身を引いた。お陰で俺はひっくり返りそうになった。舌打ちを返したが、あの三人の前で続きをする気にはなれなかった。

平阪家の広間に三人が招かれ、屋敷は更に賑《にぎ》やかになった。当主はちゃぶ台を中央に置き、遠征先の土産という小判型の饅頭《まんじゅう》を山積みにする。この家にもちゃぶ台があったのかと思った。

俺は饅頭を齧《かじ》る女たちを横目に、柊一に助け舟を求める。

「何なんだよ、こいつらは」

「俺たちと同じ偽葬家、巫《かんなぎ》家だ」

「あんたらの他にもいんのか？」

「現存する偽葬家は三家ある。うちひとつの伊吹《いぶき》家は今休業中らしいけれどね。実質今は俺たちと彼女たちのふたつだ。東の平阪、西の巫」

当主は朝だというのに地酒の瓶を抱えて三人の前に盃《さかずき》を並べた。五樹が呆《あき》れた顔をして窘《たしな》めると、巫家の中年の女が目尻《めじり》に皺《しわ》を寄せた。

「平阪さんはいつも賑やかでよろしおすなあ。いつでも退屈せえへんやろ」

西の、と言われた通り、女の言葉には訛《なま》りがあった。当主が豪快に笑う。

「おう、まだ手のかかる奴らばっかりで呆《ぼ》けてる暇もねえ」

「新しいお孫さんも帰ってきはったみたいやね」

女の視線は俺に注がれている。俺は小声で傍の三沙に囁《ささや》いた。

「今の嫌味か？」

「わかるんだ」

「馬鹿扱いしやがって」

「巫家は巫女《みこ》ばかりを集めた偽葬家。伝統を重んじるから、何処の馬の骨とも知れない人間でも才能さえあれば引き抜く私たちを見下してるの。平阪の方が依頼が多いのも気に入らないんじゃない」

「お前らの悪口はわかりやすくていいや」

俺たちのやり取りを気にする様子もなく、当主は酒を呷《あお》って濡《ぬ》れた髭《ひげ》を拭《ぬぐ》った。

「それで、今日はどうしたんだ」

「朝早くからえろうすんませんな。最近平阪さんがますます繁盛してはるって聞きまして、うちらもあやかりたいと思うたんです」

饅頭を頬張っていた女子高生が割り込んだ。

「お母さんの話は長いわ。うちが話します」

餡子《あんこ》が喉《のど》につかえたのか、噎《む》せ返りながら少女が切り出す。

「うちらの偽葬が失敗してしまいまして、もう平阪さんしか頼れへんのです」

「美琴《みこと》、そないな話し方があるかいな」

それまで黙っていた老女が切長の目で睨み、少女が応戦する。

「おばあちゃんは平阪さんに借りを作るのが嫌なんやろ。でも、放っておいたらうちらも終わりやで」

当主が毛糸のような太い眉《まゆ》を歪《ゆが》めて唸《うな》った。

「穏やかじゃねえ話だな」

少女は下を向き、上着の袖《そで》をおもむろに捲《まく》り上げた。空気が凍りつく。少女の細腕には、赤い斑点《はんてん》がびっしりと浮かび上がっていた。大きなものは熱を持ったように膨れ、指で突《つつ》けば血が噴き出しそうだった。

「こりゃあ一体どうした？」

「ある家で偽葬をやってからみんな……」

母役の女が溜息《ためいき》を吐く。よく見ると、漆喰《しっくい》のように塗り固めた白粉《おしろい》の下に赤が滲《にじ》んでいた。

「強がりや思うかもしれまへんけど、うちらも完璧《かんぺき》にやったつもりやったんよ。邪魔が入ったとしか思えへんわ」

当主は鼻から息を吐き、ぐるりと目を回して柊一を見た。

「やれるか？」

「やります」

柊一は遠くを眺めているような虚《うつろ》な目で首肯を返した。

霊柩車《れいきゅうしゃ》に揺られながら、四朗が嫌々ながら渡してきた、警察からの調査記録を捲《めく》る。俺の席は変わらず銀の台の上だ。車体が大きく跳ねて、後頭部を打ちつけた。

「いい加減補助席でもつけてくれよ」

三沙が揶揄《からか》い混じりの笑みを漏らす。

「やっとうちの一員になる覚悟ができたんだね」

「覚悟の話じゃねえよ。道交法の話だ。シートベルトもねえのは違法だぞ。だいたい普通は遺族が乗るための席があるだろ」

「これは普通の霊柩車じゃないよ。偽葬で必要な棺《ひつぎ》はひとつとは限らない。たくさん積めるようにしなきゃ」

俺は議論を諦《あきら》め、再び掠《かす》れたカラー印刷のコピー用紙に視線を戻した。

「幽霊屋敷か……」

調査記録と巫たちの話によれば、俺たちが向かっている家は、先日の山とは違って死人が出ている訳ではないらしい。せいぜいラップ音が聞こえる、食器がひとりでに動く、窓ガラスにヒビが入るなどの怪奇現象だ。家主は空き巣や嫌がらせを疑って警察に調査を求めたが、何も見つからなかったらしい。マスコミに夏の怪談特集で取材される、どこにでもある話だとしか思えなかった。

「柊一、本当にこれって偽葬屋が必要なのか？　そこらの霊媒師で事足りるんじゃねえのか」

「巫からの依頼じゃなければ俺もそう思った。だが、彼女たちが完敗して俺たちに泣きついてくるってことは相当だ。それに、妨害されたって話も気になる」

三沙は助手席の窓から差し込む光に顔を顰《しか》めた。

「単純に物語が足りなかったんじゃない。偽葬にはそれが一番肝心だから」

「何にせよ、本質を見極めるべきだな」

俺は肩を竦《すく》めた。

「本質を偽装するのが仕事なんじゃねえのかよ」

「見極めなければ騙《だま》せない。詐欺には入念な調査が必要だろ」

俺はそれ以上何も言わず、棺を載せる銀の台に横たわった。こいつらも俺を騙すために見極めようとしているのだろうかと、ふと思った。


辿《たど》り着いたのは、豆腐のような白く四角い家々が立ち並ぶ高級住宅街だった。

緩やかな坂のてっぺんまで登った先に、例の屋敷があった。グレーの屋根にアイボリーの壁の、ミニチュアハウスのような洋風の家だ。庭には木製のブランコと噴水まである。鉄製のアーチには薔薇《ばら》の花が絡んでいた。絵に描いたような豪邸だ。

「本当にこんなところに怪異が出るのかよ」

「怪異だって棲《す》むならいいところに棲みたいんじゃない？」

三沙は事もなげに言った。柊一は事故現場でも見たような顔で呻《うめ》いた。

「こういうところの家主は九割嫌煙家だ。とっとと済ませよう」

「この家を見て最初の感想がそれかよ」

「煙草は古来魔除《まよ》けだ。形だけの清潔さに囚《とら》われて煙を忌避するから怪異なんかに憑《つ》かれる」

「あんたら性格悪いな」

俺たちが玄関で騒いでいると、家主の夫婦が現れた。三十代半ばの、派手なところはないが一目で金持ちとわかる男女だ。ゴミ処理業者のギラついた成金どもとは違う。夫の方はスマートフォンと同期したシンプルな腕時計をつけ、上質なウールのセーターを着ていた。妻は髪を緩く巻いて、ドレスのようなニットワンピースを纏《まと》っている。俺が一生関わることがないと思っていた人種だ。

夫婦は曲《まがり》と名乗り、俺たちをダイニングに通した。天井は高く、オーク材の間接照明が天井から下がっている。ひどく居心地が悪かった。

曲の妻はガラスの器で聞いたことのない草のハーブティーを俺たちに差し出した。

「土曜日なのにお呼び立てして申し訳ありません」

柊一は茶に一口唇をつけ、すぐに器を置いた。

「我々に土日は関係ありませんから。この家で怪奇現象が、という話でしたね」

曲は健康的に日焼けした手で顎《あご》を撫《な》でる。

「三ヶ月前から急に始まったんです。最初は物音がしたり、食器が割れたり。偶然かと思いましたが、そのうち二階から誰かが歩き回っているような足音がして……」

「お祓《はら》いをしたことは？」

「何度もあります。その度、祈禱《きとう》師の方が持ってきた道具が壊れたり、お札が千切れたりするんです。皆さん、手に負えないと言って帰ってしまって……」

曲はブリーフケースから一枚の紙を取り出した。くずし字で何か書かれた護符だった。中央で真っ二つに断ち切られている。三沙が身を乗り出した。

「これ、子ども用の鋏《はさみ》で切られてますね。切り口の先端が丸くなってる」

夫婦は目を見合わせた。何か心当たりがあるようだ。柊一は煙草の箱を取り出しかけてやめた。

「三ヶ月前から始まったそうですが、その頃、何か変わったことは？」

「……私の兄が、事故で亡くなったんです」

曲は言いづらそうに唇を動かす。

「交通事故でした。ハンドル操作を誤って、中央分離帯に突っ込んで……兄夫婦は即死でした」

そのとき、キッチンから軽い足音がした。夫婦が腰を浮かせる。

「幸弥《ゆきや》くん」

小学校低学年くらいの男の子が、冷蔵庫からオレンジジュースのペットボトルを引き抜くところだった。幼い顔には不釣り合いな黒いクマがあり、顔色がひどく悪い。少年は俺たちを盗み見てから、一目散に駆けていった。金持ちのガキなのに躾《しつけ》がなっていない奴だ。

曲の妻が寂しげに笑った。

「お義兄《にい》さんの子なんです。事故で幸弥くんだけが生き残って、私たちが引き取りました」

「両親を失って心の傷が深いんだと思います。まだ、私とも妻とも口を利いてくれません」

柊一は曖昧《あいまい》に頷《うなず》くと、俺の脇腹を小突いた。

「恭二、あの子と話してきたらどうだ」

「何で俺が？」

「うちの中で一番年下だ。話が合う」

「俺は二十超えてるんだぞ」

曲夫妻が笑いを噛《か》み殺しているのが見えた。俺は仕方なく立ち上がる。三沙が俺の服の裾《すそ》を摑《つか》んだ。

「偽葬の手がかり、持ってきてね」

俺は聞こえていないふりをしてハーブティーを飲み干し、ダイニングを出た。野草を噛み締めたような味だった。

破《わ》れないか心配になるほど薄い板の階段を上ると、扉が半開きになった部屋があった。中で幸弥がオレンジジュース片手に床に座って何かしているのが見える。俺は扉をノックした。

「あのさ、曲さんに呼ばれた客なんだけど入っていいか？」

答えはない。俺は扉を開いて足を踏み入れた。

子ども部屋らしくない整然とした部屋だ。勉強机には教科書が並んでいない。代わりにボトルシップひとつが置かれていた。きっとここに引っ越したはいいが、まだ新しい学校に行けていないんだろう。

幸弥は俺が見えていないかのように下を向いていた。床に広がっているのはジグソーパズルだった。アラブ風の宮殿と夕陽を映した紫の海が描かれた、大人でも苦労しそうな大型のパズルだ。

幸弥の丸まった小さな背はひとを拒むようだった。俺は何を話していいか迷い、意を決して口を開く。

「俺の親父もさ、交通事故で死んだんだ」

「嘘……」

幸弥が弾《はじ》かれたように顔を上げた。やっと聞き取れるほどの小さな声だった。

「ほんとだよ。幸弥くんよりずっと小さい頃だったから顔も覚えてないけどな」

俺は足を進め、机上のボトルシップに触れた。

「これ、幸弥くんのか？」

「違う。あのひとの」

幸弥は顎で下を指した。曲の私物だろう。引き取った男の子を少しでも楽しませようとした配慮が窺《うかが》えた。

「俺の親父もこういうのを作るのが趣味だったんだって。婆さんが遺品のひとつを見せてくれたんだ。俺がデカくなったら一緒に作ろうと思ってたんだって」

俺は幸弥に向き直り、言葉を探す。

「説明書もなかったけど、俺はひとりで組み立てようと思ったよ。何でかわかんねえけど、完成したら親父が帰ってくるような気がしてさ」

幸弥はパズルをじっと眺めていた。手に持った紫色のピースに一雫《ひとしずく》の涙が落ちた。

「これ、パパと一緒に作るはずだったんだ。前やってたのは、僕が学校行ってる間にパパが完成させちゃって、僕が怒ったら、新しいのを買ってあげるからって……」

幸弥はしゃくり上げながら自分の膝《ひざ》を抱える。

「玩具《おもちゃ》屋さんから帰る途中に、車がぶつかっちゃって。僕があんなこと言わなきゃ、パパもママも死ななかったのに……」

細い身体がバラバラになりそうなほど震えていた。俺は幸弥の背に手を当て、背骨が浮き出した背中を摩《さす》る。

「お前のせいじゃねえよ。パパもママもお前がずっと悲しい顔してたら心配するだろ」

幸弥は俺に飛びついて渾身《こんしん》の力で身体を押しつけた。柔らかい髪と頭が俺の腹を擦《こす》る。

「お兄さん、霊媒師なんだよね」

「俺は……どうかな。でも、あのふたりはそうだ」

「お願い。お祓いしないで。あれはパパとママなんだよ」

「何だって？」

「お祓いの邪魔したの、僕なんだ。だって、パパとママがずっと見ててくれてるから」

呼応するように、ぎいっと木材が軋《きし》む音がした。幸弥は俺から離れ、打って変わって嬉《うれ》しそうな顔をする。

「ほら、来て」

幸弥はパズルのピースを放り出して廊下へと駆け出した。追いかけて部屋を出ると、軋む音は更に激しくなった。壁を鋭い爪で削っているような不快な響きがこだまする。辺りを見回した瞬間、ばちんと破裂音がした。焚《た》き火《び》の中で薪が弾けたような音だ。

俺は咄嗟《とっさ》に幸弥を抱え上げる。幸弥は足をばたつかせた。

「ママ！」

間接照明で仄《ほの》かに光る廊下の奥から、三叉《みつまた》の影が伸びた。一メートル近い長く歪《いびつ》な指先だ。指は鬼灯《ほおずき》のような赤い膿疱《のうほう》で覆われていた。爪が宙を掻《か》き、再び物陰に隠れる。

本当にあれが、幸弥の両親なのか。


曲の家を後にして霊柩車《れいきゅうしゃ》に乗り込むなり、柊一は煙草に火をつけ、深く煙を吐いた。

「ヘビースモーカーだな。早死にするぞ」

「煙草は一本で五分寿命が縮むとの俗説だが、人生は五分生きれば五分寿命が縮む。生きてる方が身体に悪い」

「屁理屈《へりくつ》ばっか捏《こ》ねやがって」

三沙が口元に手をやって「本当の兄弟みたい」と笑う。俺は聞かないことにした。

柊一は久々の紫煙に目を細める。

「恭二、二階で何があった」

「あんたらにも聞こえてたのかよ」

「床でも抜けるような音だった。曲夫妻も怯《おび》えていたぞ」

悪夢の中の魔物のような長い爪が視界の隅から伸びるのが、ありありと思い出された。

俺は言うべきか迷いつつ、幸弥から聞いた話をふたりに伝えた。

「両親の幽霊って、そんなこと有り得るのか？」

柊一は短くなった煙草のフィルターを噛む。

「どうだか……俺たちが目にするのは正体不明の怪異だけだ。人間に霊魂が存在するか、死後の世界があるのか。それはわからない。俺はあまり信じてないな」

「だったら、あの怪異はどうしたいんだよ」

三沙が口を挟んだ。

「怪異がどうしたいかじゃなく、私たちがどうするか決めるの。幸弥くんがあの怪異を親だと思ってるなら、偽葬に使えるよ」

「ガキまで騙《だま》すのかよ」

「子どもの未来のためなの」

俺はそれ以上言葉を返せず、薔薇《ばら》の花が揺れるアーチを見上げた。どこからどう見ても幸福な家族が住んでいるようにしか見えない。俺がガキの頃見たら舌打ちのひとつでもしただろう。

他人の家は外国みたいなものだと思った。内情を知らない人間には決して理解できない背景とルールがある。

平阪家に帰ると、赤提灯《ちょうちん》の光がアスファルトに伸びて血溜《ちだ》まりのように見えた。こんな異様な家に対しても、俺はもう〝帰る〟と感じていた。慣れとは恐ろしいものだ。

翌朝、庭で煙草を吸っていると、家の前に知らない乗用車が停まっていた。柊一が寝巻きにコートを引っ掛けて出てくる。

「何だよあの車」

「レンタルだ。幸弥を霊柩車に乗せる訳にはいかないからな。今日はあの子どもを連れてショッピングモールに買い物に行く」

「それも偽葬の準備か？」

「勿論《もちろん》。それ以外はしない」

俺は柊一の血色の悪い横顔を眺める。俺はこの男が偽葬以外のとき何をしているのか全く知らない。趣味が何なのか、好きなものが何なのか、そういうものがあるのかすらも。怪異よりよっぽど得体が知れない。いや、別に知る必要もないのだと自分に言い聞かせた。無意識に平阪家に取り込まれかけている。

俺はじっとこちらを見る柊一に煙を吐きかけた。

「俺を乗せるときもレンタカーにしてくれよ」

「弟にそんな配慮は必要ない」

俺は肩を竦《すく》め、朝の寒風に身震いした。


曲家の豪奢《ごうしゃ》な門の前で車を降りるなり、厚着した幸弥が家から飛び出してきた。

「恭二さん」

幸弥は俺に抱きつこうとしてはっとしたように足を止め、気恥ずかしげに俯《うつむ》いた。俺は逃げようとする幸弥の脇に手を差し込んで抱え上げる。

「何照れてんだよ」

幸弥は身を捩《よじ》りつつ、嬉しそうな声を漏らした。曲夫妻が寂しげな笑みを浮かべる。

「来てくださってありがとうございます。恭二さんに会いたがっていたようで……」

「幸弥くんがうちにいらした方にこんなに懐くなんて初めてです」

三沙が唇の端を吊《つ》り上げた。

「きっと精神年齢が近いからですね」

「どういう意味だよ」

曲夫妻は苦笑で誤魔化した。内心そう思っているんだろう。曲の妻が三沙に何かを耳打ちする。

運転席に残った柊一が急《せ》かすようにクラクションを鳴らした。

俺は幸弥を抱えたまま後部座席のドアを開く。

「三沙、奥さんに何て言われたんだよ」

「クリスマスプレゼントを選んできてほしいって。幸弥くんは自分で欲しいものを言ってくれないらしいの」

俺は幸弥を見つめる。子どもらしくない目の下のクマはくっきりと残っていた。


日曜のショッピングモールは喧騒《けんそう》で満ちていた。

吹き抜けを貫く巨大なクリスマスツリーが星の飾りを燦然《さんぜん》と輝かせる。気の抜けたインストゥルメンタルと鈴の音が、飽和した人々の笑い声と重なって、夢の中の光景のようだった。

特設コーナーにはラッピングされた菓子や玩具が並び、ひとで溢《あふ》れかえっている。ここにいる全員に家族がいて、生活があると思うと眩暈《めまい》がしそうだった。

柊一はうんざりした顔で呟《つぶや》く。

「休日のショッピングモールに来るたび、俺は絶対に子どもは作らないと誓うよ。毎年こんなところに来るなんて耐えられない」

「長男が何言ってるの」

「三沙か恭二が頑張ってくれ」

柊一の顔は更に血色が悪くなっていた。陰気で社会に適合できない男には、真人間の鋳型が陳列されている場所は水が合わないのだろう。

「明るいところに来て具合が悪くなるなんて悪霊みてえだな」

「何とでも言ってくれ。俺は静かなところに行ってるから子どもの世話は任せたよ」

柊一は幸弥の頭を雑に撫《な》でてから雑踏に消えていった。

「幸弥くんはあんな大人になっちゃ駄目だぜ……それじゃあ、どこに行きたい？」

幸弥は唇を結んだ。三沙が屈《かが》み込んで微笑む。

「心配しないで。このお兄ちゃんは貧乏そうだけど、お金なら曲さんからもらってるから」

「金の心配してる訳じゃねえだろ」

幸弥は消え入りそうな声で言った。

「ジグソーパズル」

「やっぱりお金の心配してたんじゃない。恭二が金に困ってそうな顔してるから悪いんだよ」

三沙は俺に反論の隙を与えずショッピングモールの奥へと歩き出した。

人波に押し流されながらエスカレーターに乗り込むと、真下の特設コーナーが小さく見えた。玩具《おもちゃ》箱をひっくり返したような色彩だ。目を奪われていると、視界の隅に黒い影がよぎった。向かい側、下りのエスカレーターに異様に背の高い人物が乗っている。

おかしいと直感した。違和感は何年も洗っていないような脂ぎって縮れた髪のせいだけじゃない。エスカレーターは動き続けているのに、黒い頭は一向に下がってこないどころか、俺の視界に残り続けている。まるで空中に立っているように。

冷や汗が手の甲を伝ったとき、三沙が俺に囁《ささや》いた。

「見ないふりして。兄さんが何とかするから」

「柊一が？」

「そのための別行動」

俺は唾《つば》を飲み込み、不安そうに俺を見上げる幸弥の手を握りしめた。何かが爆《は》ぜる音が耳元で聞こえた。熟れた木の実が弾《はじ》けて汁を散らしたような響きだった。

三階で降りると、大型書店が広がっていた。黒い影は消えている。あれが本当に幸弥の両親なら怯える必要はないと思いつつ、不快感が拭《ぬぐ》えなかった。

胸中を悟られないように、幸弥の手を握る指に力を込める。幸弥は店頭をじっと見つめていた。

クリスマス用に子ども向けの絵本やクイズの雑誌が平積みされたコーナーに、親子連れが集まっている。漫画本を抱えた少年がひっくり返って泣き喚《わめ》き、母親に叱られていた。幸弥の視線は、ガラス一枚隔てた、決して触れられないものを眺めているようだった。

本当なら、幸弥も同じように親に甘えて我儘《わがまま》いっぱいに育っていたはずだ。曲夫妻がどんなに優しかったとしても、実の親じゃない大人とひとつ屋根の下で暮らす所在なさはわかる。俺は幸弥の手を大きく振った。

「ジグソーパズルがほしいんだよな？　おもちゃ屋じゃなくていいのかよ」

「……うん、雑誌の付録がほしいんだ」

「金なら気にしなくていいって言っただろ」

幸弥は小さく首を振り、奥へと駆け出した。俺は手を引かれながら、見知らぬ親子の笑い声から逃げるように走った。

辿《たど》り着いたのは、老人がまばらに立ち読みしているだけの閑散とした雑誌コーナーだった。幸弥は迷いなく足を進め、最奥の本棚から鈍器のような分厚い雑誌を抜き出した。日本の世界遺産を写した写真のジグソーパズルが付録としてついているらしい。

「これ、パパが買ってた雑誌なんだ」

幸弥は表紙の、霧で烟《けぶ》る寺院を見つめながら呟いた。

「難しいやつだから、僕が大きくなったら一緒にチャレンジしようって約束してたの」

「そっか……」

「僕がひとりで完成させたら、パパとママは安心して成仏してくれるかな」

俺は言葉に詰まって立ち尽くす。幸弥は雑誌を胸に抱え、頬を擦り寄せた。

「前、お祓《はら》いに来たひとが話してたの聞いたよ。パパとママは成仏できてないんでしょ。

僕が心配だから天国に行けてなくて、幽霊になっちゃったんでしょ」

「でも、幸弥くんは一緒にいたいって言ってなかったか」

「パパとママが苦しいなら一緒にいなくていい。僕が寂しいのは我慢できるから」

俺は幸弥の肩を抱きしめた。店員が怪訝《けげん》な目で俺を見つめて近づいてきたが、構わなかった。


会計を終えると、三沙が文庫本のコーナーで立ち読みしていた。俺はラッピングした雑誌の角で三沙の後頭部を突《つつ》く。

「俺に仕事押し付けてあんたは立ち読みかよ」

三沙は真っ黒な背表紙の本を開いていた。表紙は血塗《ちまみ》れの女がこちらに手を差し伸べる禍々《まがまが》しいイラストが描かれている。ホラー小説だと思った。

「毎回化け物見てんのに本でも化け物に会いてえのかよ」

「奥付を見たかっただけ。また重版されたんだ」

「あんたが書いたのか？」

「私じゃなく、私の父親がね」

冗談のつもりだったが、想像しなかった言葉が飛び出した。目を白黒させる俺を余所《よそ》に、三沙は本を棚に戻す。

「四朗さんじゃないよ。私の本当の父親」

「そう、ホラー作家。恭二は知らないと思うけど一部じゃ有名なの。不可解な最期を遂げて、自身の作品を完成させたって。馬鹿みたい」

俺は言葉の意図を理解できず聞き返す。

「怪異に殺されたってこと」

「何で……」

「さあ、怪異の意図なんて知らないよ。でも、自分たちのことを面白おかしく書いた作家に復讐《ふくしゅう》したかったのかもね」

俺が何かを言う前に、三沙は満足げに笑った。

「でも、怪異は何のメッセージも残せずに消えて、父さんの本は未《いま》だに多くのひとに読まれてる。父さんの勝ちだよ」

「……だから、あんたは偽葬屋になったのか？」

「そう、偽の物語で怪異に勝つためにね。そんなことよりお腹が空いた。兄さんと合流してお昼にしない？」

毅然《きぜん》と進む三沙の背がいつもより小さく見えた。

柊一と合流し、最上階のレストランで食事を終えた後、柊一は死にそうな顔で言った。

「……作家だったのか？」

「恭二、煙草吸いに行こう」

まだ三沙と幸弥はデザートの巨大なパンケーキを切り分けている。俺は仕方なく席を立った。

屋上は人工芝が広がり、百円で動く汽車やパンダの乗り物が点在していた。寒さが厳しくなってきたからか、遊んでいる親子連れはいない。

柊一は子どもの目から隠すようにパーティションで区切られた喫煙所に入り、白いベンチに腰を下ろした。午後の日差しで、銀の灰皿が拷問器具のように輝いた。

「あんたは別行動で何をしてたんだよ」

「ひとの少ないところを探してふらついてただけだ。六階の映画館も覗《のぞ》いたけど、冬休みは子ども向けの作品か高校生向けのデートムービーしかやってなかった」

柊一は陰鬱《いんうつ》な顔で映画館から取ってきた無料配布の紙をベンチに並べる。聞いたこともない国のドキュメンタリーや、デジタルリマスターの白黒映画のチラシばかりだった。

「映画が好きなのか」

「シネフィルを名乗れるほどじゃないけどな」

「趣味なら好きってだけで別にいいだろ」

「お前にそういう話を振られるとは思ってなかったな」

「得体が知れねえからちょっとでも知れてほしいだけだ」

柊一はフィルターを噛《か》んで微《かす》かに微笑む。

「恭二、お前の趣味は？」

「見合いかよ。金がねえから何もねえよ。散歩したり酒呑《の》んだり。日雇いの仲間に勧められて一時期競艇に行ってたこともある」

「それで？」

「勝てねえからやめた。船を見るのは面白かったけどな」

俺は二筋の煙が天に昇るのを眺めた。

「家族ごっこしてても他人だな、俺たちは。ようやくこんな話をするなんて」

「……これから知っていけばいいだろう」

目を背ける柊一の横顔に、何処となく後ろめたさを感じる。この男は何を抱えているんだろうと思った。

「三沙が言ってたぜ。あんたは怪異と戦うために別行動してたって。本当かよ」

柊一は虚を衝《つ》かれたように目を丸くし、少し迷ってから手を開いてみせた。一本の短い髪の毛があった。

「幸弥の髪だ。これでおびき寄せて俺に憑《つ》いてくるか試してみた」

「買い物の間、俺たちと幸弥くんを守るためか？」

「そんなに高尚な意思はない。あれが本当に幸弥の両親なのか確かめたかったんだ」

「どうだった？」

「……家についてから話そう」

よくない予感がすることだけはわかった。冬の空は眩《まぶ》しいが、日差しに温度はなく、全てが作り物じみていた。

曲の家へと向かう車の中で、幸弥は俺にもたれかかって眠っていた。電池が切れたようにぐったりとしていたが、雑誌だけは手放さなかった。俺は上着を幸弥にかけて窓外を眺める。

暗くなり出した空の裾野《すその》に、ショッピングモールの看板だけがポツポツと明かりを散らしていた。寂しくもあり、どこか温かくもある光景だ。

葡萄色《ぶどういろ》に染まる窓が突然黒く変色した。たわしのような黒い毛髪が後部座席のサイドウィンドウにぴったりと張りついている。エスカレーターですれ違ったときは見えなかった顔まで見えてしまった。剛毛から覗いているのは、ザクロのように赤黒く膨れた粒が密集した顔面だった。

「柊一、窓に……」

俺の声は情けないほど上ずっていた。エスカレーターで見たときと同じ木の実が爆《は》ぜるような音が響く。車体が大きく跳ね、キュルキュルと嫌な音が漏れ聞こえた。ファンベルトが緩んでいるときの音だ。窓の外から乾涸《ひから》びた長い爪がそろりと伸び、ガラスを引っ掻《か》く。カリカリと硬いものを削る音が車内に響き出した。柊一が短く告げる。

「幸弥を隠せ」

俺は上着を引っ張り、幸弥の身体を覆い隠した。爪が窓の向こうを彷徨《さまよ》い、徐々に退《さ》がっていく。助かったと思った瞬間、弾丸が貫いたような衝撃が走った。

「恭二！」

人影も、爪も消えていたが、サイドガラスの中央には白く削れた跡がついていた。去る前に爪の先端で切り裂いたのだろう。三沙は溜息《ためいき》を吐いた。

「レンタカーなのに」

「言うことはそれだけかよ……」

心臓はまだ騒いでいたが、怪異はもういないようだ。幸弥の規則正しい寝息が車内に響き出した。

曲の家に幸弥を送り届けてから平阪家に帰還すると、四朗が家の前で待っていた。腕を組んで仁王立ちのまま立ちはだかる姿は、父というよりガサ入れにきた刑事のようだった。

柊一が運転席から降りると、四朗は資料の束を突きつけた。

「幸弥くんのご両親が亡くなった事故について、昔の筋を頼って洗い出した」

「結果はどうでしたか」

四朗は言い淀《よど》んでから口を開く。

「走行中、オルタネーターが故障し、オーバーヒートが起こったようだ。それから、ハンドルもブレーキも破壊されていた」

「破壊？」

「まるで小型の爆弾を仕掛けて爆破したようだったと聞いた。事件性を感じて調べたが、それらしき証拠は見つからなかった。それから……」

「それから？」

「ワイパーもトランクも不自然に破壊されていたようだ。まるで車の構造を全く知らない者が、何をしたら壊れるか、手当たり次第に試したようだったと」

槍《やり》のように伸びる長い爪が鮮明に蘇《よみがえ》る。俺は舌をもつれさせながら何とか言葉を絞り出した。

「……幸弥くんの両親は怪異に殺されたって言うのかよ」

四朗は俺への敵意も忘れて沈鬱《ちんうつ》に頷《うなず》いた。

「その線はある。というより、人間の犯行とは思えない」

「じゃあ、幸弥くんは自分の家族の仇《かたき》を、見守ってくれてる両親だと思い込んでるってことか」

三沙が淡々と割り込んだ。

「問題はそれだけじゃないよ。怪異は殺し損ねた幸弥くんを連れて行こうと、曲家まで憑いてきてる」

俺は絶句した。両親が見守ってくれていると信じて偽葬の邪魔をしたというのに、自分の寂しさより家族の安寧を選んだ少年に、こんな仕打ちがあっていいのか。

「そんなこと、あっちゃ駄目だろ……」

柊一は資料の束を四朗に突き返す。

「あってはいけないことだが、今起こってる。明日《あした》朝一番に偽葬をやろう。一刻も早くあれを潰《つぶ》す」


明け方、霊柩車《れいきゅうしゃ》に積まれた棺《ひつぎ》は二つだった。

黒いリボンで飾られた二つの額縁には、既に遺影が収められている。朝焼けの空のような薄紅色の桜を背に笑い合う、若い夫婦の写真。幸弥の両親だ。

俺はふたつの棺に挟まれながら、もう一枚の写真を眺める。同じく春の山で満開の桜に囲まれる夫婦の間に、よだれかけをした赤ん坊がいる。

父親に抱き上げられて不思議そうな顔をする幸弥と、柔らかい髪に載った花弁を取ってやる母親。この幸福が奪われるなんて、想像もしなかっただろう。夫婦がこのとき着ていた服と靴は、今、棺に納められている。

これから俺たちは、幸弥の命を狙う怪異を、心から我が子のことを思っていた両親として弔わなければならない。

早朝の住宅街は静まり返り、ランニング中の中年男が白い息を吐いている以外、何の音もしなかった。

二台の霊柩車が曲宅に停まる。我ながら高級住宅街でなくても異様な光景だと思った。俺たち三人は霊柩車から降り、もう一台から四朗と五樹も降車する。

曲夫妻は家から出てくると、喪服の集団に改めて気圧《けお》されたのか身を強張《こわば》らせた。五樹は平然と頭を下げる。

「私は三人の母、平阪五樹と申します。夫の四朗が喪主を務めさせていただきます。何卒《なにとぞ》御了承を」

曲の妻が四朗を見つめて目を瞬《しばたた》かせた。

「お若いお父様ですね……」

「……よく言われます」

しどろもどろで答えた四朗の膝《ひざ》を、素早く五樹が打ち据える。曲夫妻は声を殺して笑った。

和やかな空気は、霊柩車から遺影が運び出された瞬間に断ち切られた。曲が呻《うめ》くような声を漏らす。

「兄さん……」

視線は遺影の中で微笑む男に注がれていた。玄関の扉が僅《わず》かに開き、幸弥がこちらを盗み見ているのがわかる。俺は思わず駆け寄ろうとした。

「違うんだよ、これは」

「違わないでしょ」

三沙が俺の腕を摑《つか》んで止め、曲夫妻に向き直る。

「幸弥くんは自分を心配してご両親が成仏できないことを心苦しく思っています。今日はその未練を断ち切るために儀式を行います」

幸弥は唇を嚙《か》み締め、家の中に消えた。三沙がその後を追う。

立ち尽くす俺を余所《よそ》に、偽葬の準備は着々となされていった。棺の先端を北に向かせ、燭台《しょくだい》と線香に火が灯《とも》され、枕団子と呼ばれる霊膳《れいぜん》が供えられる。西洋風の花園のようだった庭が、荘厳な儀式の場に塗り替えられた。

前回と違うのは、神棚のような木の棚が組み立てられ、竜胆《りんどう》の花を描いた白提灯《ちょうちん》が左右を飾っていることだ。五樹が深緑色の大きな葉に、米と賽《さい》の目《め》状に切った茄子《なす》を混ぜたものを載せて棚に供える。

「何だあれ……」

「盆棚だ」

柊一が両手の、作り物の茄子と胡瓜《きゅうり》に割《わ》り箸《ばし》を突き刺した精霊馬を見せつけた。

「白提灯は四十九日を迎えて初めての盆で、故人の魂が迷わず訪れるための道標《みちしるべ》。今回の偽葬は初盆を模して行う。幸い、ここは立地もいい」

意図を問う前に、四朗が地図を携えて歩み寄ってきた。

「柊一、幸弥が両親と暮らしていた家とこの家の方角を確かめてきた。義母《かあ》さんの見立ても併せて記入してある」

「助かります。ちょうど西北ですね」

「それに何の意味がある？」

柊一は地図に引かれた赤線を指でなぞった。

「民俗学者、柳田国男《やなぎたくにお》は日本各地で西北を祖霊が訪れる神秘的な方角として、そこから吹き寄せる風を死霊が起こすタマ風と呼ぶ風習を挙げています。一《いち》の谷《たに》墓地の中世古墳群なども都の西北にあたる。幸弥くんの生家とこの家の関係を見てください」

「曲宅は西北から下った位置にあるな」

「その通り。遠州《えんしゅう》の盆の行事では、『遠州大念仏』と呼ばれる七、八十組にも及ぶ念仏芸能集団がその年新しく死者を出した初盆の家々に招かれては、供養の念仏を唱えて回るものがありました。昔の人々は白装束の集団と、死者の訪れを重ねて畏《おそ》れたでしょう。大念仏団がやってくる方角も西北です」

「幸弥の家から憑《つ》いてきた両親の霊がここを訪れるという構図に仕立て上げるつもりか。俺は民俗学的な知識は門外漢だ。お前に任せる」

柊一は頷き、庭から見えるガラス張りのリビングを指した。

「恭二、曲夫妻には『断定はできないが、例の怪異は幸弥くんの両親である可能性が高い』と既に伝えてある。それから、偽葬には幸弥くんの協力も不可欠だ」

「幸弥くんまで巻き込むのかよ」

「問題の渦中の人物だ。既に巻き込まれてる。本人には既に三沙が話をつけてある」

「何をさせる気だ？」

清潔で現代的な造りのリビングに幸弥の姿が現れた。カーペットに座り込むと、昨日買った雑誌のラッピングを丁寧に解《ほど》き、苦心しながら付録の包装を破る。薄紅色のパズルのピースが散らばった。

「あの子がひとりでジグソーパズルを完成させれば、両親はもう心配は要らないと成仏できる。そういう話だったな」

「あんたにその話はしてねえはずだぜ」

「三沙から聞いた」

俺は眉間《みけん》に皺《しわ》を寄せる。俺の怒りを感じ取ったのか、柊一は細く息を吐いた。

「幸弥くんの心配をしている場合じゃないぞ。偽葬にはお前の哭女《なきめ》としての役割が不可欠だ」

「何が言いてえんだよ」

「お前はあの怪異のために本心から泣けるのか？」

俺は口を噤《つぐ》む。山での怪異は偽葬を受け入れ、哀れな死者として送られた。今はどうだろう。幸弥を苦しめる怪異のために泣けるだろうか。

「恭二、偽葬は紛《まが》い物だが、遊びじゃない。意識を変えろ」

「だからって、幸弥くんを危険に巻き込むのは……」

「危険なのは俺たちも同じだ」

柊一はおもむろに喪服の袖を捲《まく》り上げた。俺は目を見張る。柊一の死人じみた白い腕には、巫たちと同じ、突《つつ》けば弾《はじ》けそうな赤い膿疱《のうほう》が浮き上がっていた。

「何で言わなかったんだよ……」

「偽葬を完遂すれば治る。騒ぐほどのことじゃない」

俺は深呼吸して頷《うなず》いた。

「これが終われば本当に無事で済むんだな」

「幸弥には累が及ばない」

「幸弥くんだけじゃねえ。あんたもだよ」

柊一は驚いたような顔をして、微《かす》かに笑った。


洋風の豪邸に、盆棚と古式ゆかしい葬送の準備が整っているのは、異質な光景だった。

俺たちは空の棺を前に、ゴザに腰を下ろす。ガラス戸の向こうのリビングで、少し離れたところから不安げに幸弥を見守る曲夫妻の姿が見えた。柊一が視線を送り、幸弥がジグソーパズルのピースをひとつ手に取る。

「始めよう」

一陣の風が吹いた。

三沙が声高に告げる。

「これより、曲幸彦《ゆきひこ》と曲弥生《やよい》の葬儀を執り行います」

風が線香の煙を濛々《もうもう》と立ち上らせ、庭に設けられた薔薇《ばら》のアーチを霞《かす》ませた。柊一の低く這《は》うような念仏が、煙の下を潜り抜け、庭先に満ちていく。住宅街に異界が出現したような景色だ。

幸弥はパズルのピースをひとつずつ確かめ、白い枠に押し込んでいく。幼い指が緊張で震えていた。遺影の中の夫婦は、蠟燭《ろうそく》の炎の照り返しで頬を赤く染めながら変わらず微笑んでいた。

読経《どきょう》が終わり、四朗と五樹が背筋を正す。口火を切ったのは四朗だった。

「兄さん、無念だっただろう。我が子の成長を見ることなく道半ばでこの世を去ったのは」

五樹の声が重なる。

「お義兄《にい》さん、お義姉《ねえ》さん、貴方方の子は私たちが責任を持って育て上げます」

「兄さんの子を奪うつもりはない。ふたりの代わりに彼を大切に育てていくだけだ」

「どうか心憂《そうはく》うることなく安心してお眠りください」

曲夫妻は蒼白な顔で四朗と五樹を見つめていた。本人に代わって死者への言葉を告げるふたりの目には静かな炎が宿っていた。ここで必ず怪異を消し去る覚悟の火だ。

鈴を鳴らすような音が響いた。ぱりぱりと薄紙を破るような音も遅れて聞こえた。地震かと思うような震動が大地を揺らし、二つの棺《ひつぎ》を撥《は》ね上げる。

曲の家が、ミニチュアになって掴んで揺さぶられているかのように震動している。

ガラス窓の向こうのリビングから破壊音が聞こえた。間接照明が次々と割れ、破片が降り注ぐ。曲夫妻が咄嗟《とっさ》に幸弥に覆い被《かぶ》さった。幸弥は青ざめた顔で唇を引き結んだまま、震える指でピースを押し込み続けている。顎《あご》を伝う冷や汗の雫《しずく》まで見えた。

「おい、柊一！　幸弥くんたちが危ねえんじゃねえのか」

その瞬間、俺の叫びは風に掻《か》き消された。視界が明滅する。吹き荒《すさ》ぶ寒風が暖かな春風に変わり、目の前の光景を攫《さら》った。


頭上に広がるのは、満開の桜だった。雲海のように咲き乱れる花が柔らかな桃色で広がっている。はらりと落ちる桜の花弁が頬を撫《な》でた。遠くから厳粛だが優しい響きの鐘の音が聞こえる。遺影の写真に写っていた、幸弥の両親が訪れた春の山だ。

一歩踏み出すと、地面に敷き詰められた花びらが足音を吸収した。桜は紅の濃淡でいくつもの層を作っている。穏やかな春景色に、一点だけ不穏な黒があった。

桜並木の真下に、縮れた黒い毛で顔を覆い隠した背の高い人物が立っている。地面につきそうなほど長く伸びた爪がゆらゆらと揺れていた。くっ、くっ、と喉《のど》を鳴らす呻《うめ》きが微かに聞こえていた。涙を堪《こら》えているような声は、縮毛の奥から漏れている。

「いやだよぉ、いやだよぉ……」

駄々を捏《こ》ねる赤子《ねた》のような泣き声だった。我が子を奪われた無念か、我が子を引き取った曲夫妻への妬《ねた》みか。偽葬は上手《うま》くいったのだろう。怪異は幸弥の親として泣きじゃくっている。胸の奥が熱くなった。

俺は歩み寄ろうとして、足を止めた。黒い縮毛から、怪異の顔が見えたからだ。幸弥の父でも母でもない。今にも弾けそうな赤い粒が密集した顔。ちょうど人間なら口にあたる部分がざっくりと裂け、中の空洞を覗《のぞ》かせていた。背筋が凍る。怪異は泣いていない、笑っていた。

「いやだよぉ、いやだよぉ」

剝《む》き出した牙《きば》をギシギシと鳴らし、爪を震わせて怪異は笑っている。無意識に俺の唇から言葉が漏れた。

「そんなに嫌かよ、幸弥くんを殺せなかったのが」

「いやだよぉ、ころしたいよぉ、あとひとりなのに……」

胸の奥に湧いた温かさが怒りに変わり、血が熱く沸騰する。

「てめえは……」

春風が怪異の髪を巻き上げ、顔を露《あら》わにした。血走った猛禽類《もうきんるい》のような眼球が俺を捉《とら》える。怪異は甲高い声で笑った。死体を見つけて喜び勇む鴉《からす》のような声が春山にこだまする。

駄目だ。泣けない。こいつを弔うべき死者だと思えない。焦りと恐怖で身体が震え出した。俺が泣かなければ偽葬は完遂できないのに。こいつは幸弥の両親じゃない。今でも幸弥を殺そうとする怪異だ。

こんな奴のために泣けない。それがわかっているから、怪異は勝ち誇って笑ってるんだ。

怪異は一際高く鳴き、俺の真横をすり抜けて駆け出した。長い爪が降り注ぐ桜の花を切り裂く。幸弥の許《もと》に向かおうとしている。

まずい、と思ったとき、上ずった声が聞こえた。

「兄さん！」

視界が再び明滅し、曲の家の庭が戻ってくる。窓ガラスは破れ、リビングのテーブルと椅子は薙《な》ぎ倒されていた。曲が剣のようなガラスの破片が囲む窓をこじ開け、裸足《はだし》で庭へ飛び出してきた。幸弥を抱きしめる曲の妻が悲痛に叫んだ。

「貴方《あなた》！」

四朗が腰を浮かせる。

「駄目だ、来たら危ない！」

制止を振り切り、曲は遺影に駆け寄り、地面にへたり込んだ。

「兄さん、ごめんな。ずっと不安だったんだろう。俺は兄さんに何でも任せきりだったから、俺が幸弥くんを育てられるか不安だったんだろう」

項垂《うなだ》れる曲は気づいていない。目の前に巨大な黒い怪異が佇《たたず》み、長い爪を今にも振り下ろそうとしていることに。曲は声を震わせながら続けた。

「こんなに早く別れが来るなら、もっと話をしておけばよかったな。幸弥くんの好きなものも、兄さんたちがやり残したことも全然知らなかった。ごめんな……」

　怪異は動かない。両手の爪は空中で何者かに止められたように微動だにしなかった。幸弥の曲は両手で顔を拭《ぬぐ》う。最新式の時計をつけた腕と不似合いな、幼い仕草だった。幸弥の泣き方に似ていると思った。

「でも、俺、頑張るから。幸弥くんの本当の親にはなれないけど、辛《つら》い思いは絶対にさせないから」

　幸弥に覆い被さっていた曲の妻が意を決したように立ち上がり、庭へと進み出る。

「お母さんと呼んでもらおうとは思いません。幸弥くんが大人になるまで、少しの間だけ私たちに任せてください」

　夫婦は遺影の前で地面に額をついた。

「だから、どうか、安心して眠ってくれ……」

　ぱちりと小さな音がした。物が散乱したカーペットの上に座り込む幸弥が、ジグソーパズルに最後のピースを嵌《は》め込んだ音だ。

　地面が再び震動した。怪異はもがくように震え、足元から崩れ落ちる。真っ黒な影が薄紅色の欠片《かけら》となって解《ほど》けた。桜の花弁だ。怪異は季節外れの花に変わり、冬の風に攫われて消えた。

　後には静寂が残った。幸弥の押し殺した泣き声が聞こえる。足元のジグソーパズルには、満開の桜に彩られた山の絵が広がっていた。両親の思い出の場所と同じだ。俺は柊一を見る。

「……偽葬は？」

「完遂した」

柊一は喪服の袖《そで》を捲《まく》った。薄く血が滲《にじ》んでいたが、鬼灯《ほおずき》のような膿疱《のうほう》は消えていた。

曲夫妻が我に返って家の中へと駆け戻る。

「幸弥くん！　怪我はない？」

ふたりは幸弥を抱きしめ、体温を確かめるように小さな背に額を押しつけた。

「大丈夫……」

「そうか、よかった……」

幸弥は唇を嚙《か》み、顔を歪《ゆが》ませると、緊張の糸が切れたように泣き出した。

「ごめんなさい、パパとママと離れたくなかったの。おじさんとおばさんが危ないってわかってたのに、我儘《わがまま》言って……」

「いいんだよ。寂しかったんだよね。もっと一緒にいたかったよね」

「おじさんも同じだよ。幸弥くんのパパたちのことずっと後悔してたんだ」

折り重なって泣く三人は輪郭が混じり合い、本当の家族のように見えた。破壊され尽くした家に、冬の正午の日差しが眩《まぶ》しく射し込んだ。

柊一は霊柩車《れいきゅうしゃ》にもたれかかって煙草を咥《くわ》えた。

「何とか恙《つつが》なく終わったな。巫に恩も売れたが……」

柊一は煙草の先端で俺を指す。

「恭二、お前にとっては今後の課題がわかる偽葬だったな。曲夫妻がお前の代わりに哭《なき》女《め》の役目を果たしたが、いつもこう上手くいくとは限らないよ」

「わかってるよ……ただ、あんなクソ野郎を幸弥の両親とは思えなかった」

「お前は怪異を見る力が優れている分、その悪意や敵意も感じ取りやすい。一長一短だな」

俺は目を背けた。四朗と五樹は一足早く去っていた。片付けを終えた三沙が、空の額縁を片手に家から出てくる。幸弥の両親の写真は曲たちに返したのだろう。

「幸弥くんは一生、自分たちを殺そうとした怪異を親だと思い込んで、自分が両親に別れを告げてあの世に送ったと思って生きていくのかな……」

「真実を告げてどうなる？　怪異に親が殺されて、その怪異を引き留めるために祓《はら》いを邪魔していたと教えるのか？」

「性格悪いよ、あんた」

「今を生きる人間には未来がある。生きていくために必要なのは厳しい真実より優しい嘘だ」

俺は門の向こうの曲たちを見つめた。大きな窓から幸弥が曲に抱えられるようにして二階へと上がっていくのが見えた。

「真実も大事なんじゃねえか。俺たちは本当の家族じゃねえ。最後に届いたのは遺族の本物の声だ」

「家族じゃない、か……」

柊一は暗い顔で煙を吐いた。白い霞《かすみ》が桜の花弁のように散った。

平阪家の敷居を跨《また》ぐと、一仕事終えて安堵《あんど》している自分に気づいた。家族ごっこに馴《な》染《じ》んでいる自分に呆《あき》れつつ、玄関に腰かけて靴を脱ごうとした。この革靴だけはいまだに慣れない。

雁字《がんじ》搦《がら》めの靴紐《くつひも》を解こうと奮闘していると、当主が奥の部屋から顔を覗かせた。その背後で平阪夫人が笑っている。ぴったりとくっついていて、着物の襟からふたつの首が生えているようだ。当主が手招きする。

「恭二、ちょっと来いや」

折り入った話でもあるのか。俺は足に噛みつく革靴を無理にもぎ取り、部屋へと向かった。

襖《ふすま》を開けると、ちゃぶ台に大量の饅頭《まんじゅう》が積み上げられていた。巫家の三人に振舞った土産だ。これがどうしたというのだろう。

戸惑っていると、夫人が唐突に饅頭をひとつ摑《つか》み、俺の口に押し付けた。思わず頰張ると、暖房で乾き果てた皮と餡《あん》が喉《のど》と舌に張りついて噎《む》せ返った。夫人が差し出す茶で慌てて流し込む。馬鹿みたいだ。

枯れ木のような温かい手に背中を摩《さす》られていると、当主が豪快に笑った。俺は目尻《めじり》を擦《こす》りつつ、不機嫌な声を繕った。

「用は？」

「これに決まってんだろ」

当主は胡座《あぐら》をかいて饅頭の山を指す。

「お前はまだ食ってなかっただろうが。甘《あめ》えもんは嫌《きれ》えか？」

「嫌いじゃねえけどさ……」

老婆の白濁した目で見つめられ、俺は観念して当主の前に座る。饅頭を齧《かじ》る俺を見つめるふたりは長年連れ添った夫婦にしか見えなかった。

大して美味《うま》くもない饅頭を飲み下しながら、俺は当主を見上げる。

「婆さんは中国の生まれなんだよな」

「おう、湖南《こなん》省の岳陽《がくよう》ってな、道教の本場よ。偉《えれ》え女道士の血筋なんだ」

「お互い大変じゃなかったのかよ。言葉も常識も違《ちげ》えんだろ」

老人は饅頭を摑んで口に放り込む。夫人は緑茶を片手に愛《いと》おしげに見守っていた。

「親子ってのは血の繫《つな》がりがあるが、夫婦は結局他人だからなあ。でもな、好きだから夫婦になるっていうんじゃねえ。夫婦になったから好いて一緒に生きていくんだ。案外、家族はそうやって成り立ってんだよ」

俺は餡のカスが浮かんだ緑茶を見下ろす。偽葬屋も普通の家族も変わりないと言いたいんだろうか。幸弥の泣き顔が脳裏を過《よぎ》った。幸弥はこれから曲夫妻を家族だと思っていくんだろうか。

俺はどうだろう。いつか、平阪家を家族だと思い込む日が来るんだろうか。俺は腹の底にわだかまった気持ちごと茶を飲み干した。

五樹が何故俺の母を知っているのかも、何を俺に隠しているのかも結局わからずじまいだった。だが、これからも探る時間はある。いつか探り当てられる機会が訪れるはずだ。

柊一がたまに俺に見せる後ろめたそうな表情の意味も。

頭の中に黒い水が満ちているような感覚だった。

真っ暗闇に、流れる川の音と、波に揉《も》まれる小石の音だけが聞こえている。

子どもの頃から何度も見る夢だ。身体に絡みつく、細くて温かい腕は母親のものだ。左手で俺を抱え、右手に兄を抱え、橋の欄干から身を乗り出して夜の川を見下ろしている。

母が無理心中を試みたときの記憶はない。きっとこれは俺が親戚《しんせき》たちの噂話から作り上げた幻想だ。

それでも、川底の土と草の匂いが生々しく鼻をついた。

「お母さん、帰ろうよ。恭二が風邪引いちゃうよ」

幼い兄の声がした。

「ごめんね。お母さんのせい。逃げられると思っちゃったの。でも、駄目だった」

涙で濁った洟《はな》を啜《すす》る音が聞こえる。兄の声は寒さで震えているが泣いてはいない。泣いているのは母だ。

「このままじゃふたりともお父さんみたいに死んじゃう。それよりもっとひどいかも」

「何で父さんが死ぬとおれたちも死んじゃうの」

「憑《つ》いてきてるから」

全身に纏《まと》わりつく寒気が一段と増した気がした。母は嗚咽《おえつ》しながら呟《つぶや》く。

「イツキさんのところも駄目だった。旦那《だんな》さんも息子さんも焼け死んじゃったって」

絡みつく母の腕がいっそう強く俺を抱きしめた。

「こっちの方がまだ痛くないと思うから。本当にごめんね」

荒ぶる風が鼓膜を揺らした。橋の欄干をブーツで踏み越えたような金属音が響く。

「母さん、恭二！」

兄の叫び声。何かがぶつかる音。母があっと声を漏らす。それと同時に強い風が頬を打った。横からではなく下からだった。

落下しているんだと思った瞬間、川の水の匂いが俺を待ち受けていたかのように広がった。


思わず突き出した手が摑んだのは、水ではなく温《ぬる》い空気だった。

深夜の和室は、障子が外の夜闇を透かして暗く沈んでいる。川底のようだった。

俺は渇き切った喉を押さえて空咳《からせき》をした。全身が泳いできたかのように汗まみれだった。

悪夢がまだ鮮明に残っている。あれはきっと母が俺と兄を連れて死のうとしたときの光景だ。俺と兄は助かり、母はあの川から二度と浮かび上がらなかったのだろう。記憶にあるはずがないのに、実体験よりも生々しかった。

喉の奥の粘膜が古びた和紙のように乾いて張りついた。俺は恐怖を振り払って布団から抜け出した。

平阪家の奴らは皆、寝静まっているようだ。廊下は静かで、俺の足音すら闇に吸収される。

壁伝いに歩いて洗面台に辿《たど》り着いた。冷水を浴びるほど飲み、顔を洗い終える。何処かから囁《ささや》き声が聞こえた。

俺は声の方向を振り返る。歯ブラシや整髪剤のチューブが並ぶ、ひび割れた棚があるだけだ。だが、確かに声を潜めて嘲笑《あざわら》うような囁きが聞こえた。前髪から垂れた雫《しずく》が洗面台を打つ。ここなら、万一何かあっても偽葬屋たちが何とかしてくれるはずだ。

俺は意を決して廊下に戻った。一点だけ、薄く開いた襖から刀身のような細い光が漏れている。柊一の部屋だ。囁きはここから聞こえた。

俺は襖に手をかけ、押し開く。

和室に不似合いなソファに腰掛ける、柊一の後ろ姿が見えた。小型テレビの中で老女がぼそぼそと喋《しゃべ》っている。先程の囁き声の主はこれだ。

「何だよ……」

俺が呟くと、柊一が振り返った。血色の悪い横顔は画面の反射で更に青白く染まって

い。

待ち受けていた暗闇に、悪夢が蘇《よみがえ》った。今、布団に戻ったらあの続きを見るかもしれない。

「……イヤフォンくらいつけろよ。夜中まで映画なんて観てるから顔色悪いんだよ」

怯《おび》えたのが馬鹿みたいだ。誤魔化しついでに悪態をついて踵《きびす》を返そうとする。背後で
「恭二か。どうした？」

いた。


柊一は身を引き、ソファの左側にひとり分の隙間を空けた。何かを察したんだろう。まるで本物の兄のようだと思う。俺はわざと勢いよくソファに座った。柊一の身体が小さく跳ねた。俺たちは並んでテレビに向かう。

「これ、ホラーじゃねえよな？」

「違う」

短い答えだった。画面の中では中年の男が緩慢な動きで川辺を歩いている。退屈そうな映画だ。

「これ、どんな話だよ」

「説明するのは難しいな。呆《ぼ》けた老婆と問題を抱えた四人の息子や孫の話だよ」

「つまらなそうだな」

柊一は怒るどころかはにかむように笑った。並んで膝《ひざ》を抱えながら、あらすじもわからない映画を眺め続ける。

「柊一、家族の話なんか観て辛《つら》くねえのかよ」

「何故？」

「本当の家族のところには帰れてねえんだろ」

「家族なら今ここにいるじゃないか」

「誤魔化すなよ」

柊一は眠っているのかと思うくらい長い沈黙の後、口を開いた。

「現実でどうでも、映画では別の人生を体験できる。あのときこうしていれば、この映画の中の人物のように暮らしていたかもしれないと思いながら観るのもいい」

「余計辛くなりそうだけどな」

「慰めになるよ」

俺は映画の中の川の光に照らされた柊一の顔を盗み見る。こいつにも失敗や後悔があるんだろうか。あるはずだ。こんな仕事をしているんだから。

目蓋《まぶた》の裏側が明るくなり、夜が明けたことを悟った。また水底から響いているようなくぐもった声が聞こえた。今度は恐ろしくなかった。どこか懐かしく落ち着く響きだった。

平阪家の連中の声だと気づいた瞬間、自分が嫌になった。こんな家に安らぎを覚えるなんて。

目を開けると、俺は狭いソファに寝転がっていた。サイズの合わない棺桶《かんおけ》に押し込まれた死人はこんな気分だろうか。いつの間にかかけられていた毛布は煙草と線香の匂いがした。

今日の朝飯は山盛りのナポリタンだった。

茹《ゆ》でる時間を短縮するためにパスタを折ったのか、箸《はし》で掬《すく》ったそばから零《こぼ》れ落ちる。五樹は眉間《みけん》に小皺《こじわ》を寄せながら、調理担当の三沙を睨《にら》んだ。

「朝食にこれはどうかと思いませんか」

「思いません。これから一日カロリーを消費するんだから、朝は一番がっつりしたものを食べないと」

三沙は細切れの麺《めん》を頬張りながら返す。まだ渋面を浮かべる五樹に、当主が豪快に笑った。

「いいじゃねえか。朝飯がスパゲッティなんて俺らの時代じゃ考えられない話だ。若いのと暮らしてると新しいもんを知れていいだろ」

ケチャップが髭《ひげ》を赤く染めて生肉を貪《むさぼ》ったようだった。夫人は相変わらず愛《いと》おしげに仮の夫を見つめている。

老夫婦を眺めながら、父母役の四朗と五樹とはえらい違いだと思った。ふたりは拳《こぶし》三つ分間隔を空けて座り、言葉すら交わさない。パスタを掬うのに難儀した五樹が箸を取り落とした。拾おうと手を伸ばしたとき、袖口《そでぐち》から火傷《やけど》の痕《あと》が覗《のぞ》いた。赤く爛れて引き攣《つ》れた皮膚は、古いビニールのようにかさついていた。

俺の視線に気づいた五樹が喪服の袖で火傷を隠す。それと同時に四朗が素早く箸を拾った。

「洗ってこよう」

五樹は僅《わず》かに面食らった後、夫の手から箸を奪った。

「お構いなく」

四朗が叱られた犬のように俯《うつむ》くと、五樹は小さな声で付け加えた。

「お気遣いに感謝します」

老夫婦が満足げな顔でふたりを見守っていた。不仲なのだと思っていたが違った。四朗が距離を置くのは、五樹の亡き夫を想ってのことなのだろう。

五樹が汚れた箸を洗いに席を立つと、四朗は俺を睨みつけた。俺は気づかないふりをして味の濃いナポリタンを啜《すす》る。妻役に向ける気遣いを俺に向ける気は欠片《かけら》もないらしい。

当主が髭についた血糊《ちのり》のようなケチャップを布巾《ふきん》で拭《ぬぐ》って言った。

「次の偽葬だけどな、うちの男衆だけで行けや」

唐突な言葉に柊一が眉《まゆ》を吊《つ》り上げる。

「何故です？」

「それがなあ、前の案件で巫どもに貸し作っただろ。向こうからもう一個デケぇ仕事を紹介するって言われたんだよ」

「厄介な案件を押し付けられているだけでは？」

「そう言うなや。どの道あいつらじゃ対処できねえんだ。何せ女子どもを狙う怪異らしいからな」

四朗が吊り気味の目を更に鋭くした。当主は痰《たん》の絡んだ咳《せき》をしてから指を指す。

「という訳で、四朗、柊一、恭二。お前ら旅行に行けるぞ。楽しんでこいや」

俺は隠すことなく溜息《ためいき》を吐いた。取り憑《つ》いた怪異は祓《はら》えば終わる。人間関係の方がよほど厄介だ。


俺は倒れた石燈籠《どうろう》や何物かが這《は》いずったような跡がある庭に出る。中央には堂々と霊《れい》柩車《きゅうしゃ》が鎮座していた。こんな光景にも慣れてしまった。

柊一が車内に荷物を詰め込んでいた。俺は煙草を咥《くわ》えて歩み寄る。

「旅行にも霊柩車で行く気じゃねえだろうな」

「霊柩車で行くに決まってる。現地調達しづらい場所なら、いつもよりたくさん偽葬の道具を詰め込まないといけない」

旅行鞄《りょこうかばん》からは替えの喪服が覗いている。旅情も何もあったものじゃない。

柊一は車内に棺を運び込むための扉を閉めた。

「昨夜は眠れたか？」

「何にも起こらない地味な映画を観せてくれたお陰で」

「今度は四時間ある台湾映画を観せようか」

俺は肩を竦《すく》める。彩度の低い冬空を黒い鳥たちが飛んでいき、何かを燃やした後の塵《ちり》のように見えた。

平阪家に組み込まれた夜も、日雇いの労働を終えて安宿に帰るだけの日常が一変するとは思っていなかった。今朝だって、柊一の部屋で目覚めた半日後に、フェリーの上で冷たい荒波が砕ける海原を見下ろしているとは思っていなかった。

わからないものだと感じつつ、あの家に郷愁を覚える自分が嫌になる。

霊柩車を腹に呑み込んだ巨大な船は、空との間が曖昧《あいまい》な灰色の海を裂いて進んでいた。

喪服の上に羽織《の》ったダウンジャケットの襟を掻《か》き合わせると、柊一が俺に並んで甲板の手摺《てすり》に腕をかけた。

「楽しんでるみたいだね」

「そう見えるんなら目と脳どっちかが悪いぜ」

柊一は意に介さず、冷えて紫になった自分の唇をなぞった。

「家族旅行は久しぶりか」

「家族じゃねえよ……まあ、旅行なんて行く余裕なかったからな。俺の中学卒業祝いで、婆さんが貯金をはたいて初島《はつしま》に連れて行ってくれたのが最後だった」

俺は濁る空を見上げる。あの日も今にも雨が降り出しそうな海を見つめていた。

「せっかくの遠出だってのにずっと天気が悪くてさ。寒いし、海も汚ねえし、あんまりいい思い出じゃなかった。婆さんは何度も俺に謝ってたよ。婆さんが雨を降らせた訳でもねえのにな」

柊一は悲しげに目を細めた。

「それも大事な思い出としてしまっておくといい。これからまた新しい思い出を作れるよ」

「いつまで家族ごっこさせる気だよ」

曇天に闇が滲《にじ》み出していた。夕陽が見えなくても夜は訪れるのかと思う。無彩色の空はだんだんと黒の配分が濃くなっていった。


巨大な棺《ひつぎ》のようなフェリーで一夜を過ごし、日が昇ると同時に目的地に辿《たど》り着いた。

フジツボに彩られた港に下りると、船の腹に空いた四角い穴から霊柩車が吐き出される。埠頭《ふとう》には漁師らしき男たちが並んでじっと見つめていた。排他的な村かと思ったが、喪服の集団が朝早く押しかけたら気になるのも当然だろうと思い直した。

港から少し進むと、海辺の町の様相は消え、景色が鬱蒼《うっそう》とした山に塗り替えられた。

道と空き地の境も曖昧な茶色の芝だらけの光景に、まばらな民家が散らばっている。川沿いに渡されたガードレールが目立った。

茶色い絨毯《じゅうたん》におもちゃの線路と申し訳程度の家の模型を並べたようだった。

柊一は濁った水が合流する三叉《みつまた》の河口を眺めて微笑を浮かべた。

「三叉の川か。怪異が巣くうのにちょうどいいな」

「口に出すなら他人にもわかるように言えよ」

「昔、田子《たご》の浦《うら》に生贄《いけにえ》川と呼ばれる川があったんだ。巨大な蛇神が棲《す》み、少女を生贄に捧《ささ》げたとか。能の演目にもなってるよ」

四朗が苦虫を嚙《か》み潰《つぶ》したような顔で言う。

「お前は何故そういう話をするとき嬉《うれ》しそうなんだ。ひとが死んでいるかもしれないんだぞ」

「だからですよ。怪異の実態がわかれば、偽葬も行いやすくなり、未来のひと死にが防げるでしょう」

「葬儀屋のふりをするなら、過去の死者にも敬意を持て」

柊一は答えず、焦点の合わない目で天を仰いだ。

視線の先、河川敷に三人の子どもがいた。

ガードレールにもたれかかり、俺たちを見つめている。寒さで頰を赤くして洟《はな》を垂らした、ひと昔前の子どものようだった。丸々と着膨れした中央の少年が声を張り上げる。

「何してんの？」

俺は柊一と四朗を見比べた。どう説明しても違和感が生まれる組み合わせだ。子ども騙《だま》しで乗り切ってもいいが、田舎の情報網ならすぐ大人にも伝わるだろう。俺はふたりが余計なことを言う前に大声を返した。

「あの山にキャンプ場を作るから下見に来てんだよ！」

四朗の咎《とが》めるような視線には気づかないふりをする。三人は囁《ささや》き合い、再び俺たちを見下ろした。

「本当？」

「まだ決定じゃねえから何とも言えねえ」

「嘘つかない方がいいよ」

生意気なガキだと思ったが、子どもたちの顔は揶揄《からか》っているとは思えないほど真剣だった。中央の少年が独り言のように言った。

「嘘つくと連れてかれるから。和田《わだ》の姉ちゃんもそれで死んだんだ」

背筋が凍る。牧歌的な光景が一瞬で暗転したようだった。左の少年が友人を小突く。

「まだ死んだかわかんないじゃん」

「山に入ったなら生きてないよ。もう何ヶ月も帰ってこないし」

三人はまだ訝《いぶか》しげに俺たちを振り返りながら去っていった。

四朗が鋭い目で山を睨《にら》む。

「柊一、聞いたか」

「早速情報が落ちましたね。失踪《しっそう》者は山へ入ったとか。我々も向かいましょう」

青黒い山は壁のように聳《そび》え立ち、空の裾野《すその》を薄暗く染めていた。

獣道に導かれて山に入ると、針のような枝葉が茂っていた。俺たちは狭い道を縦一列に並んで進んだ。ぬかるんだ泥に丸太が埋めこまれ、簡素な階段が作られている。生きて出られないと噂される山道を、住民が行き来しているんだろうか。

答え合わせのように、人影が右端を横切った。民家でもあるのかと思いつつ、会釈した矢先、違和感に気づいた。

ひとひとりがやっと通れる道幅だ。俺のすぐ傍は茂みで覆い尽くされている。他の人間が通れるはずがない。俺の頭が「見るな」と警告していたが、意思に反して眼球が右へと動く。

茂みに埋もれた顔が、目の前にあった。真っ黒な空洞の眼窩《がんか》から赤い線をひいたように、血の涙が流れていた。

俺は声を上げて後退《あとずさ》る。靴底が丸太の階段の隅を捉《とら》え、泥で滑り落ちそうになった。身体が宙に浮いた瞬間、物凄《ものすご》い力で手首を引かれた。四朗だった。

意外な相手に驚いていると、四朗は慌てた表情で俺を見てから、すぐに嫌なものを触ってしまったという顔をした。礼を言う気も失せる。

「どうも……」

仕方なく顎《あご》を引くと、四朗は手を離し、前へ向き直った。

「気をつけろ」

考えるより早く咄嗟《とっさ》に俺を留《とど》めたんだろう。善良で腹が立つ。先頭を歩く柊一の微笑にも苛《いら》ついた。

冷静になると、再び恐怖が湧いた。さっき見たものは幻覚だろうか。それとも、既に怪異が蠢《うごめ》いているのか。他のふたりは気づいていないようだ。

少し進むと、道の先が開けて、木々の色を吸った緑の木漏れ日が差し込んだ。苔《こけ》むした石の鳥居が聳えていた。奥には深緑の雲海のような木々に囲まれた、小さな社がある。山の真ん中に建っているからか、全てが仄暗《ほのぐら》い青緑のフィルムを被《かぶ》せたような冷たい色彩だった。

「神社か……」

四朗の呟《つぶや》きに、柊一が応《こた》える。

「古くから蔓延《はびこ》る怪異の中には、訳もわからず祟《たた》り神として祀《まつ》られているものもあります。村人が独自の対処法を生み出していた場合は厄介ですね」

社の裏から茂みを掻き分けて進んでくる人影があった。また幻覚かと唾《つば》を呑んだが、今度はふたりにも見えているらしい。

現れたのは、柊一と同じくらいの年の男だった。色白で線が細く、田舎暮らしは似合わなそうな男だ。臙脂《えんじ》色《いろ》のジャンパーと黒いスニーカーには泥がついていた。ごく普通の人間だ。

男は礼儀正しく頭を下げ、俺たちの喪服を見て首を傾げる。

「初めてお会いする方ですね。お仕事でいらしたんですか？」

柊一は表情を変えずに答える。

「キャンプ場の誘致です」

俺は思い切り柊一の背をどついた。男は口元に手を当ててひとしきり笑い、表情を引き締めた。

「勘違いでしたら申し訳ありませんが……偽葬家の方々ですか」

山の空気がより一層冷えた気がした。何故俺たちの存在を知ってるんだ。柊一が珍しく怪訝《けげん》に眉《まゆ》を顰《ひそ》める。

「何のことでしょうか」

男は慌てて手を振った。

「驚かせてすみません。どうか警戒なさらず。私は巫家の方々に怪異の対応を依頼した者です。彼女たちから別の方がいらっしゃると伺っていたものですから」

「貴方《あなた》が依頼を？」

「はい、私は草薙《くさなぎ》と申します。皆さんのお力には遠く及びませんが、この村で偽葬を担っている者です」

俺と四朗は同時に柊一を見た。

「おい、日本で偽葬をやってる家はもう平阪と巫しかないってなかったか」

「正式にはそうだが、昔はもっと偽葬家が多かったらしい。廃絶した家の末裔《まつえい》が個人的に行っていても不思議じゃない」

「後出しじゃんけんみたいなこと言いやがって」

俺たちが順番に名乗ると、草薙は目を細める。

「ご家族で偽葬屋を営んでいらっしゃるんですね。確かにご兄弟おふたりともよく似ていらっしゃる」

「そう見えるなら殺してくれよ」

俺の悪態も意に介さず、草薙は苦笑した。

「羨《うらや》ましいです。私の家族はもうおりませんから。貴方のお兄様の仰《おつしや》る通り、草薙はとうの昔に廃絶した偽葬家です。私は父母から受け継がれた僅《わず》かな力で村を守っていましたが、それも難しくなりました」

草薙は沈鬱《ちんうつ》に俯《うつむ》き、社の裏の方へと踵《きびす》を返した。

「ご案内します」

草薙に導かれて進むと、木々の色がより濃い青緑になり、更に冷え込んだ。湿った洞《どう》窟《くつ》や湖畔の近くを歩いているようだ。足元の濡《ぬ》れた小石が蛇の鱗《うろこ》のように見える。

社の真裏には恐竜の背骨のような石が露出した岩壁があった。この社自体が山を無理に切り拓《ひら》いて造られたのだろう。

岩壁の一部分に抉《えぐ》り取ったような穴があった。丸い岩が裂け目を覆い、歯が生えた口のように見える。入り口は何重にも張り巡らせた縄で塞《ふさ》がれていた。ガスマスクをつけた作業員のイラストが描かれた立て看板まである。

四朗が文言を読み上げた。

「有毒ガス注意か」

草薙が首を横に振る。

「本当はガスなど出ていないのですが、無闇に近づく方がいると困りますので」

「虚偽なら犯罪だぞ」

「どうかご理解ください。一度ここに入れば中毒死では済みません」

柊一は穴ぐらに顔を近づけ、暗闇を覗《のぞ》いた。不穏な風が一筋吹き、髪を揺らす。

「草薙さん、ここに怪異が？」

「ええ。遥《はる》か昔、この山には大蛇が棲《す》むと言われていました。巨大な蛇は数年に一度山から下りてきては村を荒らし、生贄《いけにえ》を求めたそうです」

「日本各地にある伝説ですね」

「身も蓋《ふた》もない言い方をすればそうですね」

草薙は巨大な蛇を幻視するように山を仰ぎ見た。

「あるとき、由緒ある偽葬家がこの村を訪れ、怪異を祓《はら》おうとしましたが、あまりに強大で祓いきれなかったそうです。彼らはせめてもの一助として偽葬を利用した代替え案として偽装工作を施しました」

俺は口を挟む。

「偽葬で祓えなかったのに？」

「祓う方法としてではなく、生贄の方です。彼らは元から存在しない架空の人間を『存在している』と怪異に思い込ませ、村人の犠牲を食い止めました」

「そんなことできんのかよ」

草薙は一歩進み出し、洞窟の入り口を塞ぐロープに手をかけた。撓《たわ》んだ縄の向こうに、風にそよぐ布のようなものが見て取れた。薄紅色の桜模様の着物が木の支柱にかけられてゆらゆらと揺れている。

柊一は呻《うめ》くような声を漏らした。

「理論上できなくはないが、いつか綻《ほころ》びが出るだろうな」

「その通りです。怪異は自らが騙《だま》されていたことに気づいたのでしょう。山から下りて村を荒らすことはありませんが、あるときから村人が姿を晦《くら》ますようになりました。消えた人々は皆、嘘をついた者。神罰だと噂されています」

川沿いで出会った三人の子どもたちの言葉が蘇《よみがえ》る。嘘をつくと連れて行かれる。

「嘘くらい誰だってつくじゃねえか。それも駄目なら生きていけねえだろ。だって、髪切った奴に似合うか聞かれて、『すげえ変な髪型だな』と思ってもその通りに言えねえよな？」

草薙は笑いを押し殺して咳払《せきばら》いした。

「恭二さんの仰る通りです。この村に来て、住民が少ないと思いませんでしたか？」

俺は閑散とした村の様子を思い浮かべる。トタン屋根の民家の周りも、雑草が茂る河川敷も、あの子どもたち以外住民はひとりも見かけなかった。

「人間が生きていくには本音と建前を使い分けるのも必要不可欠なのでしょう。それすらできないのであれば共同体の維持は難しい。住民は皆、必要最低限しか顔を合わせず、村は静まり返っています」

柊一はやっと穴ぐらから視線を逸《そ》らし、草薙に向き直った。

「聞いた話によれば、この村で失踪《しっそう》するのは女子どもばかりだとか」

「怪異が贄を求めているのでしょう。伝説でも生贄で好まれるのは女性や子どもが多いですから」

「繋《つな》がるようで繋がらない要素が多い話だね……」

柊一は独りごちて首を捻《ひね》った。草薙は深々と頭を下げる。

「最早《もはや》私では抑えきることができません。どうか平阪家の皆さんの力をお貸しください」

洞窟からは冷気が絶えず漏れ出ていた。死人が呼吸をしていたら息はこんな温度かと思う。四朗は切り立った岩壁を睨《にら》み続けていた。

草薙が用意してくれた宿は、想像していた古民家と違い、生活困窮者の一時宿泊施設を思わせる平たい砂色の建物だった。昔は保養所だったらしいが、今の村の様子では観光客も来ないだろう。

襖《ふすま》で仕切られた畳張りの部屋には、空色のカーテンと安っぽい西洋画があり、風情の欠片《かけら》もない。

経営者らしき初老の女は入浴施設や共同トイレの場所を案内し終えると、愛想笑いを残して早々に立ち去った。嘘がひとつもつけない状況では、接客業も成り立たないだろう。

小さな茶色のテーブルを男三人で囲んでいると、空調の音が大きく響いた。

四朗は柊一が淹《い》れたインスタント式の緑茶に口をつけることもなく黙りこくっている。

俺は溜息《ためいき》を隠して問いかけた。

「今朝からいつにも増してひでえ面してんな」

四朗は眉間《みけん》に皺《しわ》を寄せたが、俺ではなく別の何かに怒っているようだった。

「……今回の案件は、俺が刑事を辞めた一件に関わるかもしれないからな」

「あんたが偽葬屋になったきっかけってことか」

固く結ばれた唇が微《かす》かに開いた。

「俺は少年課の刑事だった。所謂《いわゆる》非行少年たちの面倒を見る仕事だ。お前も覚えがあるだろう」

四朗の視線が突き刺さり、俺は顔を背けた。

「大した仕事じゃないが、環境のせいで犯罪に走るしかなかった子どもたちが新しい道に進むのを見て、やりがいを感じていた。だが、あるとき、更生したはずの子どもたちが再び詐欺や窃盗をして行方を晦ます事態が発生した。手に入れた金を持って消えたんだ」

「強請《ゆす》られてたか、海外に高飛びしたんじゃねえのかよ」

「俺の同僚も上司もお前と同じ考えだった」

「そうかよ。あんたより俺の方が刑事の才能があるかもな」

四朗は不満げだったが、俺は内心そんなこともあるだろうと思った。真っ当な生き方しかしてこなかった奴にはわからない。人間は楽な方に流れるものだ。簡単に金を稼げる方法を知った奴は、苦労して僅《わずか》かな稼ぎを得るのが馬鹿馬鹿しくなる。

四朗は眉間の皺を濃くした。

「しばらくして、失踪した子どもたちの衣服や荷物がある山で見つかった。とうの昔に潰《つぶ》れた新興宗教施設だった場所だ。それ以上、証拠は見つからなかったし、もう関わるなと言われたが、俺は捜索を続けた」

そこで言葉を区切り、四朗は柊一を促すように視線を送った。

「犯人は怪異、でしたね」

俺は啜《すす》りかけた温《ぬる》い茶を噴き出す。

「何言ってんだよ。怪異がガキに金作らせて押収してたってか？」

「正確には、その山に蔓延《はびこ》っていた怪異を神だと思い込んで祀《まつ》っていた新興宗教の残党でしたね、父さん」

「教団の連中は『安全な場所を与える』と嘯《うそぶ》いて連れてきた子どもたちを怪異に食い殺させ、持参させた金で運営を続けていたんだ。俺は証拠を偽造して教団の連中を未成年者略取罪で逮捕した」

「あんたは警察にいた頃から偽葬みてえな真似やらかしてたって訳だ」

四朗は当時を思い出すように奥歯を噛《か》み締める。

「クソ野郎共を捕まえるためだとしても偽造は偽造だ。俺は責任を取って辞職した。だが、元凶の怪異を現行法で裁けるはずもない。最後にカタをつけたのが偽葬屋だった」

更に重たくなった空気をエアコンの羽根が切り刻む。柊一は茶渋がついた器に唇をつけた。

「現存する偽葬家のうち、伊吹家が実質的に活動休止状態だと前に言っただろう？　その原因が父さんが関わった事件なんだ」

「俺は偽葬に立ち会った訳ではないから詳細はわからないが、伊吹家の殆《ほとん》どが怪異と相討ちのような状態だったと聞いた。それ以来、件《くだん》の怪異は現れなかったため、偽葬が完了したと思われていたが……」

「父さんは怪異が逃げ延びて、この村に隠れ住んでいると思っているんですね」

柊一はふと息を漏らし、俺が零《こぼ》した茶の雫《しずく》を見下ろした。

「拭《ふ》くものはないかな」

柊一がテーブルの隅の菓子盆を探ると、オムツを穿《は》いた乳児が尻《しり》をこちらに向けたイラストが描かれたおしりふきがあった。

「この宿はケツ拭くもんでテーブル拭かせるのかよ」

「何故悪い？　乳児に使えるものなら低刺激でいいじゃないか。子どもの尻を拭いた使用済みのものを使い回してる訳じゃない」

「気持ちの問題だろ」

「ケガレの概念だね」

柊一は眼を歪《ゆが》めて笑い、四朗を横目で見た。

「父さん、知っていますか。かつては葬儀の後、野辺送りで棺《ひつぎ》を墓地まで担いだ者が履いていた草履は、死の穢《けが》れが付くから途中で脱ぎ捨てる慣習がありました。しかし、遺族と無縁の者がそれを拾った場合、足が丈夫になる幸運のアイテムに変わるそうです」

「それがどうした」

「禍福の概念を逆転させて良いものになったと思い込まなければいけないほど、死への恐れが強固だということでしょう。父さんも同じ状況に陥ってはいませんか」

「……何が言いたい」

「例の怪異を逃したかもしれない恐れが胸の内で膨らみ、無関係な怪異にすらも繋がりを見出《みいだ》して、今度こそ自分が対処できると安堵《あんど》したい。違いますか？」

四朗は全ての感情を噛み潰すように唇を結んだ。

「父さんだけじゃない。恭二も覚えておくといい。偽葬屋は物語で怪異を騙す者だ。物語に縋《すが》って自分を騙す者じゃないよ」

柊一はおしりふきでテーブルを拭《ぬぐ》い、ピンクのくずかごに放り捨てた。この男が強い言葉で身内を非難するのは初めて見た。四朗は黙り込んでいる。自分の無力さや欺瞞《ぎまん》を嫌というほど噛み締めている面だ。

俺は少し哀れになって、柊一を小突いた。

「そういうあんたはどうなんだよ」

「どうって？」

「他人と家族ごっこをしてる家で、家族ものの映画を観てさあ。あんたも何かに縋りたいんじゃねえのかよ」

柊一は俺の頭から足先までを眺め、少しだけ目尻《めじり》を下げた。

「虚構は虚構として楽しむだけだ。だから、救われない」

沈黙を埋めるように一際激しく空調が唸《うな》った。

真っ暗な部屋で布団を敷き、縦に並んで眠る。まるで川の字で寝る家族のような光景だ。両隣の柊一と四朗はそれぞれ拒むように背を丸めて寝入っていた。寝息の音もバラバラだ。距離が近いほど、かえって他人としての隔意が際立つ。

窓のカーテンは丈が足らず、裾《すそ》から外の街灯の光が漏れてくる。波紋のような光が俺の顔を掠《かす》めてちらついた。俺は目蓋《まぶた》に力を込め、寝返りを打った。

冷たい感触が手の甲に触れた。右にいる柊一の手じゃない。指や手首の骨の凹凸もなく、つるりとしているのに、撫《な》でると表面が微《かす》かに隆起している。スパンコールがびっしりとついた布地を逆撫《さかな》でしたような感触。

俺は目を開く。目の前に真っ黒な闇があった。顔の周りだけ漆黒のカーテンを張り巡らせたような闇が。冷たい水の匂いがした。山の洞窟《どうくつ》で嗅《か》いだものと同じだ。何者かが鼻先に触れそうなほど俺に近づいて、髪を垂らしているんだと悟った。顔は見えない。黒く長い髪の隙間から、ぬるりとした光沢のある深緑色のものが見えた。俺の手がとぐろを巻いた蛇の腹に乗っていた。

俺は声を上げて跳ね起きる。四朗が呻《うめ》いて目を覚ます。

「どうした」

「今、そこに……」

怪異は消えていた。

「寝ぼけてるのか」

四朗は煩わしげに俺を睨《にら》み、再び目を閉じた。ただの夢じゃない。その証拠に、俺の布団には何重にも巻いた縄を載せたような痕《あと》がくっきりと残っていた。シーツは湖水のように冷たかった。

あれからどうやって眠ったのかわからない。気がつくと、照りつける太陽の光が目蓋を貫通して視界を白く染めていた。布団を畳む音が鼓膜を揺する。暗に起きろと急《せ》かされているようで、俺は重たい身体を起こした。

いつも通りにシワのないシャツを着て黒いネクタイを締めた四朗が俺を見下ろす。

「いつまで寝ている気だ。もう朝八時だぞ」

「まだ早《はえ》え方だろ。夢見が悪かったんだよ……」

俺は痛む目を擦《こす》った。昨夜の怪異の残像が朝日に焼き潰される。あれはただの悪夢だったんだろうか。

柊一は胡座《あぐら》をかいた足の上に大量の本を載せ、煙草を挟んだ指でテーブルを指した。

「おはよう。朝食が届いてるよ」

テーブルには蚊帳《かや》のような半透明のカバーをかけた盆が置かれていた。焼き鱈《たら》に味噌《みそ》汁《しる》、冷奴《ひややっこ》、きんぴらごぼう。この宿はサービスは良くないが飯がいいだけマシだ。

「あんたらの飯は？」

「起こしても起きなかったから先に食べた。支度を終えたら、お前と父さんで村を調べてきてくれ」

抗議の声を上げようとしたが、寝起きで渇いた喉《のど》からは瀕死《ひんし》のような声が漏れただけだった。

「何であいつと？」

「俺は一日宿に留《とど》まって、偽葬に備えてこの土地の伝承について調べる。父さんは聞き込みが得意だから安心して教わっておくといい」

「どこが安心できるんだよ」

四朗は畳んだ布団を丸め、死体を投棄するように隅に押し遣《や》る。視線が、嫌なのは俺も同じだと語っていた。


川のせせらぎが聞こえる広い道を、四朗と距離を取って歩く。左右の民家はトタン屋根の小屋の壁に自転車用の赤い鍵《かぎ》が垂れていたり、柴犬《しばいぬ》が尻尾《しっぽ》を丸めて眠っていたり、長閑《のどか》なものだ。

登校途中の高校生が自転車を押しながら歩いてくる。すれ違う学生は皆ひとりだ。嘘をついたら連れていかれるという噂は、子どもたちの人間関係にも影響を及ぼしているようだ。

ホーローの看板がビールやラムネを宣伝する、古風な個人商店があった。ちょうど店主の男がシャッターを半開きにして、周りに水を撒《ま》いていた。

四朗が厳しい面で歩み寄る。

「失礼、少々お話よろしいですか」

店主は曖昧《あいまい》な笑みを浮かべて俺と四朗を見比べた。

「すみませんが、開店準備でちょっと忙しいんでね」

そう言って、店主はシャッターを潜り、暗い店内へと消えた。

「聞き込みが得意なんじゃなかったのかよ」

四朗は舌打ちを返し、俺が見えていないかのように大股《おおまた》で歩き出した。

河川敷は水面に陽光を反射させ、アルミホイルのように煌《きら》めいていた。澄んだ水の下には小石や魚影が見える。穏やかな光景だが、昨夜見た蛇の鱗《うろこ》を連想して気分が悪くなった。

俺は四朗の遠い背中に視線を移す。だいぶ距離が開いてしまったが、慌てて追いかけるのは癪《しゃく》に障った。

敢《あ》えて歩調を緩めて進んでいると、マスクをつけた男子高校生が歩いてくるのが見えた。少年は俺たちの前で足を止め、礼儀正しく会釈する。

「キャンプ場の誘致の方々ですよね」

俺の出まかせは一日で村中に広まっているようだ。四朗は横目で俺を睨みつつ、少年に声をかける。

「学校はどうした?」

「風邪で休んでるんです。もう熱も下がったので買い出しに」

少年は空咳《からせき》をして答えた。

「体調が悪いなら無理強いはしないが、聞きたいことがあるんだ」

「大丈夫ですよ」

「最近、村で何か変わったことは？」

少年は一瞬、山に視線をやってから目を伏せた。

「聞いてるかもしれないんですけど、失踪《しっそう》事件とかはあります。でも、漁師のおじさんたちはふらっと出かけて数ヶ月帰らないこともありますし、親と仲が悪くて家出する子もいるんで、全部が事件だとは思わないですけど」

「被害者は女性や子どもが多いとか」

「そこまではわからないです」

少年はまた咳をする。狭い村のネットワークは機能していないようだ。

「村で不審な人物を見かけたことは？」

「ありません。うちみたいな小さいところなら知らないひとが来たらすぐわかるんで」

「では、村に不審な団体が訪れたことは？」

「団体ですか？　それもないと思いますけど」

四朗は少年に詰め寄った。長い影が少年を包み込む。住民が嘘をつけない状況は、元刑事にとってひどく都合がいいらしい。

「単刀直入に聞こう。神社にいる草薙という男は何者だ？」

少年はマスクを膨らませるように息を吐いて笑った。

「草薙さんは怪しいひとじゃないですよ。ずっと昔からうちの神社にいた神主さんの親《しん》戚《せき》です。前のひとが引退するときに紹介してくれた、ちゃんとしたひとです」

四朗は当てが外れたという顔で短く礼を告げてから少年を解放した。

「あんた、草薙まで疑ってたのかよ」

「得体の知れない自称偽葬屋だ。当然だろう。僅《わず》かな疑念も潰《つぶ》していかなければ真相に辿《たど》り着けない」

「僅かな疑念か……」

俺は少し迷い、蛇の腹のように輝く川に背を向けて言った。

「昨日の夜、騒いであんたに叱られたろ」

「それがどうした」

「悪い夢だって思うかもしれねえけど、あのとき変なものを見たんだ。顔は人間で、身体は蛇みたいなやつだった」

呆《あき》れられるかと思ったが、四朗は真剣な眼差《まなざ》しで俺を見返した。

「本当なんだな？」

「信じねえならいいよ」

四朗は先程の少年のように山を見上げ、俯《うつむ》いた。

「あの洞窟を調べよう。嫌ならお前は柊一のところに戻ってろ」

もちろん嫌だと言いたかったが、それ以上に子どもに対する気遣いじみた態度が気に入らなかった。結局、「俺も行く」と答えてしまった。

山は相変わらず寒々しく、緑の雲で覆い尽くされたように仄暗《ほのぐら》い。ぬかるんだ泥に埋まる丸太の階段を踏みしめながら進んだ。また足を滑らせて四朗に手を摑《つか》まれるのはごめんだ。俺は綱渡りのように神経を研ぎ澄ませて丸太を踏み締めた。

神社に草薙の姿はなかった。柊一と打ち合わせでもしているのかもしれない。いたら咎《とが》められただろうから好都合だと思いつつ、心のどこかで止めてほしかったとも思う。

俺に構わず、四朗は社の奥へと進んだ。草木が擦れ合う音がする。蛇が這《は》いずりながら近づいてくる様を想像し、気分が悪くなった。

洞窟《どうくつ》は昨日にも増して暗い裂け目を覗《のぞ》かせていた。絶えず吹き出す風が、昨夜見た化け物の吐息を思わせる。

四朗は厳重に張り巡らされた縄を丁寧に外し、押し下げた。

「行くぞ」

「命令すんなよ」

先に踏み入った四朗の姿は、喪服の黒が闇と同化し、すぐに見えなくなる。入りたくはないが、ここで冷風に吹かれながら待ち続けるよりはマシだ。俺は意を決して洞窟へと踏み出した。

岩の門を抜けた途端、業務用の冷蔵庫に入ったような寒気が押し寄せ、身震いする。四方を覆い尽くす丸い岩の間から伸びた苔《こけ》や雑草が垂れ、人頭が並んでいるように見える。静寂の中、天井から垂れる雫《しずく》が地面の岩を打つ音がこだました。

四朗が手招きするのが辛うじて見える。俺は足を速めた。

「ひとりで勝手に行くなよ」

追いついたはいいが、暗くて何も見えない。四朗がスマートフォンを取り出し、ライトをつけた。四角く切り取られた光の中に、無数の人影が浮かび上がり、思わず呻《うめ》いた。

四朗が厳しい顔で呟《つぶや》く。

「これはマネキンか……？」

言われてから、やっと洞窟の両側を埋め尽くすのが人間ではないことに気づいた。

岩肌が見えないほど並び立っているのは、頭のないマネキンだった。

学ランやセーラー服を着て岩壁にもたれる様は、首なし死体が折り重なっているように見える。拳《こぶし》大の小さな靴を履いた百センチもないマネキンもあった。

手前から奥に行くにつれて着衣の劣化が激しく、ひび割れた白い手足が外れて転がっている。更に奥にあるものは、マネキンではなく、木の棒に着物を括《くく》り付けたものだった。和服の布地は風雨で全て灰色に汚れ、微《かす》かに桜の柄や絣《かすり》の模様が見て取れるのが虚《むな》しくも悍《おぞ》ましくもある。

「これだけの数の生贄《いけにえ》を作ったのかよ……」

「見ろ、位牌《いはい》まである」

四朗はスマートフォンを傾けた。セーラー服のマネキンの隣には黒く艶《つや》のある位牌が置かれ、金箔《きんぱく》の文字が彫り込まれていた。

「孩子《がいし》に童女《どうにょ》、皆未成年の戒名だな」

「嫌な話だな。本物の子どもが死んでないだけましか」

「偽葬で生贄を作る文化が生まれる前は文字通りの生贄が使われていたんだろう」

四朗は奥歯を噛《か》み締め、ライトを消した。

「不気味ではあるが、草薙の言葉と相違はないな。写真を撮って戻るか」

スマートフォンのカメラを起動させるまでの暗闇が苦痛だった。四朗はフラッシュ機能をオンにして、マネキンの群れにカメラを向ける。画面の中にオレンジ色の枠が浮かび上がった。顔認証機能だ。ここで作動するはずはない。俺たち以外誰もいないし、マネキンには頭部がない。

「おい、四朗……」

俺が言葉を続ける前に、ふたつ、みっつとオレンジの枠が次々増えていく。あっという間に画面を埋め尽くすほどになった。無数の人間が犇《ひし》めいているかのように。

四朗は周囲をうかがうようにしてから、素早く撮影ボタンを押した。フラッシュの光が洞窟を染める。

「戻るぞ」

短く告げた四朗の指が液晶の隅を掠《かす》めた。誤ってインカメラに切り替わったらしく、俺と四朗の緊迫した顔が映り込む。

その背後に、目と口が空洞になった女の顔があった。血の涙を流す眼の下にある、針で突いたような黒子《ほくろ》まで鮮明に見えた。

悲鳴を上げる暇もなかった。冷たいものが耳朶《じだ》をなぞる。吐息か舌かもわからない。全身を針金で縛られたように身体が動かなかった。氷の塊を近づけられたような冷気が押し寄せ、女の顔が俺の真横に並ぶ。唇すらない空洞の口が開いた。

眩《まばゆ》い光が目を焼いた。衝撃の後に、鈍い音が響く。女の顔が退いた。

四朗が光量を最大にしたスマートフォンを片手に、当て身で女を突き飛ばしたのだとわかった。凄《すさ》まじい力で腕を引かれ、俺は四朗に引き摺《ず》られて洞窟を駆け抜ける。ずるり、ずるりと、這いずるような音が俺たちを追ってきた。

四朗が足を進めるたびライトの光が揺れ、架空の生贄たちを浮かび上がらせる。永遠にも思える洞窟から飛び出し、俺は地面に倒れ込んだ。四朗は素早く入り口に縄を掛け直し、厳重に塞《ふさ》ぐ。全身に纏《まと》わりついた冷たい空気が、蛇に絡みつかれている錯覚を呼び起こした。

「追っては来ないようだな……」

四朗は仏頂面で俺を引き起こし、叩《たた》くように身体についた土を払う。

「怪我は？」

俺は首を横に振った。

「あの蛇女、昨晩お前が見たものと同じか？」

「たぶん……あのときは顔まではよく見えなかったけどな」

「その気になれば洞窟から出るか、そうでなくても、悪夢を見せるくらいのことはできるらしいな。至急、宿に戻って偽葬の手筈《てはず》を整えるべきだ」

俺は淡々と告げる四朗の横顔を見る。礼を言うべきだと思ったが、喉《のど》に詰まって中々出なかった。視線に気づいた四朗が怪訝《けげん》な顔をする。

「どうした。まだ何かあるのか」

「……あんたに嫌われてると思ってたんだけどな」

「思っておけ。正解だ」

「じゃあ、何で」

四朗は珍しく眉《まゆ》を下げ、数ミリほど口角を上げた。

「死んでほしいとは思っていない」

「そりゃどうも……」

今俺に言える礼はこれが限界だった。俺は行きよりも少し四朗との距離を詰めて丸太の階段を下り、下山した。

宿に戻ると、案の定柊一と草薙がテーブルを囲んでいた。

これでは洞窟に入ったことをそのまま告げる訳にはいかない。俺は薄い緑茶で冷え切った胃を温めながら、かいつまんで怪異を見たことだけを話した。

「蛇女ですか……」

草薙は口元を覆い隠して呟いた。四朗が鋭い視線を送る。

「何か気になることでも？」

「私はそれなりの間この村におりますが、怪異の姿を見たことはありませんでした。やはり力が足りないのでしょう。平阪家の皆さんが手を貸してくださって本当によかった」

柊一は特に感慨を示さず、平坦《へいたん》な声で言った。

「潜んでいた怪異が姿を現せるほどにまで力を増幅させただけかもしれません。喜べる事態ではないでしょう」

草薙は一瞬怯《ひる》み、取り繕うように咳払いした。

「その通りですね。村人に危害が及ぶ前に偽葬を行わなければ。今日にでも始めたいくらいです」

「同意見ですが、まだ物語を作るための充分な情報が足りていない状態です。三沙がいればよかったんだけどな」

「妹さんが物語作りの役目なんですね。私はほぼ全てひとりでやっていたので大した提案はできませんが……」

草薙は顎《あご》を撫《な》で、少しの間考え込んでから口を開いた。

「安珍清姫《あんちんきよひめ》伝説はどうでしょうか」

婆さんが昔、読み聞かせてくれたおどろおどろしい絵本にあった話だ。俺は身を乗り出す。

「坊さんに片想いした女が嘘をつかれて、ブチギレて蛇になって坊さんを追いかけ回した挙句、寺の鐘に籠《こも》った坊さんを焼き殺したって話だっけ」

「大まかにはその通りです。今まではこの村の怪異を見たことがないので確証がありませんでしたが、四朗さんと恭二さんが確認してくださったので、使えるのではないかと」

黙り込む俺たちを急《せ》かすように草薙は身を乗り出した。

「どうかお願いします。今、偽葬を行えば行方不明の村人も取り戻せるかもしれません」

柊一は周りに散らばる資料の山を掻《か》き混ぜた。

「蛇、女、嘘を嫌う性質……不安は残るがやれないこともなさそうだ」

「恐れ入ります」

草薙は身を縮めて頭を下げた。柊一は白黒で印刷された地図らしきものを手に取って振る。

「草薙さん、ひとつ確認したいことが。山や洞窟《どうくつ》に大きな水場、沼や湖などはありますか」

草薙は不思議そうに首を捻《ひね》った。

「水場ですか？　私は存じません。両親や先代からも聞いたことはありませんが……」

「なら、結構。偽葬の準備を始めましょう。善は急げだ。今夜行います」

草薙が慌ただしく去ってから、俺は煙草を燻《くゆ》らせる柊一に詰め寄った。

「何で最後に変なこと聞いたんだよ」

「ああ、水場の話か。お前と父さんが見た怪異は眼球と唇がなかったらしいね」

「嫌なこと思い出させるなよ」

「必要なことだ。水死体は眼球と唇がない状態で発見されることが多い。魚は柔らかい部分から食べるからな」

怪異の吐息に絡んだ水の匂いと、冬の川のような冷たい吐息が脳裏を過《よ》ぎった。

「怪異が溺《おぼ》れて死んだってことか？」

「前回も言った通り、死者の霊魂の存在は不確実だ。怪異と幽霊は関係ない。洞窟に水場がないから違うんだろう」

まだ腑《ふ》に落ちない何かがあるような顔をしているのは四朗も同じだった。草薙が座っていた座布団の窪《くぼ》みをじっと見つめている。

「何だよあんたらふたりして」

柊一はかぶりを振って灰皿で吸殻を磨《す》り潰《つぶ》した。

「それより、恭二。宿の女将《おかみ》にスリッパを三つ買えるか聞いてきてくれないか」

「何でまた」

「あの山に霊柩車《れいきゅうしゃ》が通れる幅はない。かと言って、履いてきた靴を捨てたら裸足《はだし》で帰る羽目になる」

言葉の意図が読み取れず戸惑う俺に、柊一が笑いかけた。

「野辺送りと行こうか」


霊柩車を麓《ふもと》に停め、夜闇で黒く染まった山を見上げる。

昼間より更に暗くなったというのに、あの階段を棺《ひつぎ》を担いで上るのかと思うと気が滅《め》入《い》った。おまけに靴はこれだ。俺は足元を見下ろす。共同トイレに置かれていたのと同じ、蛍光グリーンのスリッパにはデカデカと宿の名前が印字されていた。喪服との馬鹿馬鹿しいコントラストに否応《いやおう》なくやる気が削《そ》がれる。

柊一はどこ吹く風で霊柩車の銀の台から棺を降ろした。

「さあ、頑張って上ろう。足を滑らせたら棺がもうひとつ必要になる」

四朗が眉を顰《ひそ》めた。

「縁起の悪い話はよせ」

「葬儀屋に験担ぎは贅沢《ぜいたく》ですよ」

これから担ぐのは験ではなく空の棺だ。

俺たち三人は神経を足元に集中させ、棺を肩に載せて一歩ずつ階段を上がる。薄いスリッパの靴底が丸太の歪《ゆが》みを伝えた。棺が木々の梢《こずえ》にぶつかるたび物騒な音を立てる。足を踏み外したら終わりだが、転ばないことだけを考えている間は怪異に怯《おび》えなくて済んだ。今なら真横に蛇女がいても気づかないかもしれない。

階段を上り切る頃には汗だくになっていた。神社の境内には既に偽葬の準備としてゴザが敷かれ、火と線香が焚《た》かれていた。小箱のような台に供物の早団子が積み上げられている。

白装束に着替えた草薙が進み出た。

「お待ちしておりました。柊一さん、準備はこちらでよろしいでしょうか」

「問題ありません。遺影の準備は？」

「何分、即席なのでこの程度しか……」

草薙は気恥ずかしげに懐からコピー用紙を出す。濡《ぬ》れ髪《がみ》の女が髪の毛を咥《くわ》えて恨めしげに佇《たたず》む浮世絵だった。安珍清姫伝説の絵をインターネットからダウンロードして印刷したのだろう。絵師に依頼して冥婚の絵を描かせた平阪家とはひどい落差だ。柊一は黒い額縁にサイズの合わない絵を無理やり押し込んだ。

俺たち三人と草薙は棺と遺影を前に横一列に座る。

「始めようか」

柊一の声に応《こた》えるように、風が木々をざわつかせた。

読経《どきょう》の声が篝火《かがりび》の火の粉と共に舞い上がる。枯れ木が爆《は》ぜ、照り返しが茂る草を赤く輝かせる。俺たちを見下ろすように聳《そび》える山が、より巨大に見えた。

蓋《ふた》を開けた棺の中には、草薙が用意した花柄の着物が納められていた。

物語の筋書きは安珍清姫伝説と同じ。恋慕した相手に裏切られた娘が悲嘆と嫉妬《しっと》に身を焦がし、嘘を吐く者を祟《たた》り殺す。女子どもばかり狙うのは、自分を捨てて逃げた男と結ばれた女とその子どもを捜して、復讐《ふくしゅう》の機会を狙っているからだ。俺が初めて行った偽葬に似ていた。

柊一と四朗が死者の仮名を呼ぶ魂呼《たまよ》ばいが終わり、草薙が竹箒《たけぼうき》で地面を掃く。四人で各々棺の四方に釘《くぎ》を打ち、蓋をした。

全員で棺を担ぎ、既に設置されていた竹の仮門を潜り抜ける。あとは洞窟に棺を収めれば完了だ。

全てが順調に進んでいる。怪異が出てきて邪魔をする素振りもない。怯える必要などどこにもないのに、どうしてかひどく胸がざわついた。

社の裏を進んでいても、蛇の這《は》う音もしなければ、目と口が空洞の女も出てこない。

俺はたまらず声を潜めて言った。

「これで大丈夫なんだよな……」

答えが返る前に、草薙《ほど》が声を上げる。

「今から洞窟の縄を解きます。皆さん、お気をつけください」

四朗が封鎖したばかりの入り口が再び開かれ、吹雪のような風が流れ出した。洞窟の脇に置かれた燭台《しょくだい》に火が灯《とも》り、内部が煌々《こうこう》と照らされる。首のない生贄《いけにえ》たちの人形がずらりと並んで姿を現した。初めてこの光景を見る柊一が静かに息を呑《の》んだ。

俺たちと草薙は棺を入り口から滑り込ませる。底板が凹凸の激しい地面に引っかかり、悲鳴じみた音を立てた。俺は力を込めて棺を奥へと押し遣《や》る。

先端が何かにぶつかって止まった。

棺の前に紺のハイソックスとローファーを履いた細い脚があった。

「え……？」

俺は顔を上げる。マネキンたちの間にいるはずのない女子高生が佇んでいた。昔話に出てくる姫のように長く黒い髪を垂らし、黒縁の眼鏡をかけたブレザー姿の少女だった。

俺は戸惑ってから、これが怪異の姿だと理解した。偽葬は完了したんだ。やっと胸のざわつきが収まる。俺は少女に歩み寄り、近くで屈《かが》んだ。

「こんな寒いところで、ずっとひとりで、辛《つら》かったよな……」

少女は伏し目がちに足元を見つめていた。何故、昔の姫君として弔ったはずの怪異が、現代の女子高生の制服を着て現れたのかはわからない。だが、昼間に遭遇したときと違い、襲ってくることはないようだ。

「もういいんだよ。村のひとたちを襲ったのはいいとは言えねえけど、あんたが悔しくて寂しくて辛かったのはわかるよ」

少女が肩を震わせる。眼鏡の縁を伝って一筋の涙が零《こぼ》れ落ちた。胸が締めつけられる。

「こんなところにずっといる必要はねえよ。もう楽になっていいんだよ」

俺は本心からそう言った。少女の身体がばらばらになりそうなほど震え、唇から言葉が溢《あふ》れた。

「ごめんね……お父さん、お母さん、きょうじ……」

「俺は怒ってねえよ。大丈夫だ」

「もう一回会いたいよ……」

「俺もだよ。だから、会いに来たんだ」

少女はやっと顔を上げ、俺を見つめてふっと笑った。次の瞬間、少女の姿が急速に小さくなった。掃除機で吸い込まれる塵《ちり》のようだった。瞬きの間に姿が見えなくなり、水の音が響き渡った。

「終わったのですか……？」

草薙の声で俺は我に返る。本当にそうだろうか。だが、少女が消えたのは確かだ。俺は顎《あご》を引いて頷《うなず》いた。

「たぶんな。怪異が女の子になって出てきて、それで、消えた」

三人から安堵《あんど》の溜息《ためいき》が漏れた。草薙は糸が切れたように座り込み、笑い声を上げた。偽葬の後に笑う奴は初めて見た。

「大丈夫かよ。いかれたのか」

草薙は笑いつつ感極まったように泣き出した。子どものように顔を拭《ぬぐ》い、しゃくりあげながら言った。

「まさか、こんな日が訪れるとは思いませんでした。ずっとずっと時間をかけてもどうにもできなかったのに。皆さんのお陰です。本当にありがとうございます」

四朗が宥《なだ》めるように草薙の背を摩《さす》った。大昔から生贄を捧《ささ》げ続けて鎮めてきた怪異だ。この村の人間からしたら祓《はら》うなど想像もつかなかったのだろう。

俺は柊一と視線を交わし、終わったことを確かめ合った。


俺たちは下山し、宿で買ったスリッパを脱いで茂みに放り捨てた。

霊柩車にもたれて革靴を履いていると、草薙が俺に近寄り、慇懃《いんぎん》に腰を折った。

「この度は本当にお世話になりました」

「そんな畏《かしこ》まらないでくれよ。俺たちだって仕事でやっただけだ」

「恭二さんは新参の方だと伺いました。偽葬屋に誇りを持っていらっしゃいますか」

「何でまた？」

草薙は表情を曇らせた。

「こんなことを申し上げるのは気が引けますが、私は両親から偽葬の本質は呪いだと教わりました」

「呪い？」

「怪異にありもしない物語を着せて強制的に祓うのは、呪いをかけてひとを殺すのと同義であると。恭二さんはまだ偽葬屋になってから間もないそうですね。引き返せるならばそうした方がいいかと思います」

俺は煙草を咥えて火をつける。その仕草がいつの間にか柊一に似てしまっていることに気づいた。

「……俺だって好きでやってる訳じゃねえよ。ずらかれるならそうしてる」

俺は煙と共に吐き出した。

「でも、誇りかどうかはわかんねえけど、まあ、他人を助けられるなら犯罪者よりかはマシじゃねえかな」

草薙は笑みを浮かべ、もう一度礼をした。

宿泊施設に戻った頃にはもう深夜だった。

大浴場があと一時間で閉鎖されると聞き、俺たちは慌てて駆け込んだ。

大、とは名ばかりの狭い四角形の浴槽になみなみと湯が張られている。湯加減は少し温《ぬる》かったが、洞窟《どうくつ》の冷気が溶けて離れていくようで心地よかった。

三人で並び、古めかしいピンクのタイルを眺めながら、俺は初めて旅行らしいことをできたと思った。

湯気が湯面を滑り、僅《わず》かに開いた窓から夜空へ逃げていく。柊一が独り言のように言った。

「恭二、草薙さんに何を言われた？」

「見てたのかよ。この仕事に誇りはあるかとか、偽葬の本質は呪いだとか、深入りしないほうがいいとかって話だ」

「それで、何と答えた？」

「人助けできてるなら犯罪者よりはマシだって言った」

柊一は小さく笑った。四朗が相変わらず険しい顔で頷く。風呂《ふろ》に浸《つ》かっていても眉間《みけん》の皺《しわ》が取れないらしい。

「お前がそう言うとはな」

「悪いのかよ」

「いや、俺よりも偽葬屋に向いていると思っただけだ。柊一に言われた通り、俺は信じたいものを信じて本質を見失っていたのかもしれない。刑事の頃から変われていないんだろう」

俺はわざと飛沫《しぶき》を立てて湯をかき混ぜた。四朗が嫌な顔をする。

「あんたはそれでいいんじゃねえか。偽葬屋より少年犯罪担当の刑事に向いてる方がずっとマシだろ。じゃなきゃ、俺なんて助けねえよ」

「父さん、恭二を助けたんですか」

柊一の言葉に、俺と四朗は黙り込む。今の沈黙はさほど気まずくなかった。

俺たちは部屋に帰ってから川の字で横になり、泥のように眠った。

翌朝、静かに走る霊柩車《れいきゅうしゃ》の車窓から、朝靄《あさもや》で烟《けぶ》る村を見つめた。まだひとひとり歩いていないが、これから村にも活気が戻るだろう。朝日で輝く川ももう恐ろしくはなかった。

船着場でフェリーを待っていると、寒さで赤い顔をした小学生たちが俺たちを見物しに来た。初日より多い。

「帰れ、ガキども。見世物じゃねえぞ」

子どもたちは一斉に笑い、口々に騒いだ。

「キャンプ場は？」

「アスレチック作るって本当？」

「バーベキューできるの？」

俺は声を張り上げる。

「うるせえ、知るか！」

四朗が俺の頭を引っ叩《ぱた》いた。子どもたちは盛大な笑い声をあげる。

汽笛が鳴り響き、巨大なフェリーが海面を割って港に停まった。船の腹が開き、柊一が運転する霊柩車を格納する。

俺と四朗がフェリーに乗り込もうとしたとき、子どもの声が聞こえた。

「きょうじ！」

思わず振り返ると、コートで着膨れした眼鏡の少年が港へ歩いてくるところだった。

子どもたちが彼を取り囲む。

る。

「京司《きょうじ》、元気だったか？」

「姉ちゃんのこと大変だったな」

確か和田と呼ばれていた少年の姉が失踪《しっそう》したのではなかったか。俺は足を止めて尋ねる。

「眼鏡のお前、名前は？」

少年は困惑気味に応《こた》える。

「和田京司ですけど……何ですか」

「いや、俺も『きょうじ』って名前なんだ……」

忘れていた胸のざわつきが蘇《よみがえ》った。

「和田、お前の姉ちゃんって眼鏡かけてたか？」

「はい……」

「制服はブレザーだったか？」

「何で知ってるんですか？」

階段を上り終えた四朗が俺を急《せ》かす。俺は嫌な想像が次々と浮かぶ頭から必死で言葉を絞り出した。

「これだけ聞かせてくれ。山の中の洞窟に湖か沼があるか？」

和田京司の代わりに周りの子どもたちが答えた。

「あるよ！　洞窟の奥にでっかい湖がある。すげえ深くて落ちたら絶対見つからないから入っちゃ駄目なんだ」

目の前が暗くなった。俺は四朗に引き摺《ず》られ、甲板に上がる。フェリーがもう一度汽笛を鳴らして出航した。子どもたちの姿と村の港が遠ざかる。

霊柩車をしまい終えた柊一が戻ってきた。

「恭二、どうした?」

俺は手摺《てすり》に縋《すが》って立つのがやっとだった。

「……偽葬をやったとき、洞窟で眼鏡かけた女子高生に会ったんだ。怪異だと思ってたけど、和田ってガキの失踪した姉ちゃんだったかもしれねえ」

「何だって?」

「それから、草薙の話は嘘だ。洞窟に湖がある。何もかも知ってるはずなのに隠してた」

柊一と四朗が見る間に青ざめた。俺たちはとんでもない間違いを犯したんじゃないか。

あの少女は襲ってきた訳ではなく、助けを求めていたんじゃないか。だとしたら、俺たちは怪異を祓《はら》えていない。元凶はまだ野放しだ。

俺は手摺を摑《つか》み、遠ざかる村を見た。聳《そび》え立つ巨大な山に巻きつくように、一筋の黒い道ができていた。まるで、大蛇が絡みついているようだった。

四章

フェリーの中は暗く、絶えず響く駆動音がこだましていた。大蛇に丸呑《まるの》みにされたら、喉《のど》の中で消化されるのを待つのはこんな気分だろうか。

何かとてつもなくよくないことが起こった。俺たちはそれを見過ごしてしまった。そう確信していた。

俺たち三人は粒ガムのような光沢の小さいプラスティックのベンチに腰掛けていた。窓から鋼鉄の船体に冷たい波が当たって砕けるのが見える。

右隣の柊一が口火を切った。

「恭二、いったい何が起こったんだ」

「偽葬が失敗したかもしれねえ……」

俺は乾き切った唇を舐《な》める。

「少しの違和感はあったんだ。俺、洞窟で眼鏡かけてる女子高生に会ったとき何でだろうと思ったけど、『きょうじ』って呼ばれたから、偽葬が成功したんだと思い込んだ。でも……」

「でも？」

「初日に会ったガキが、和田って奴の姉ちゃんが失踪したって話してただろ。弟の名前も俺と同じ『きょうじ』だった。あの女子高生は怪異なんかじゃなく、怪異に連れて行かれた被害者だったんじゃねえか。最後に弟に会いたいって泣いてた、ただの人間だったんじゃ……」

柊一は窓の外を見つめていた。肩越しに澱《よど》んだ灰色の海が見えた。

「だとしたら、大元の怪異は未《いま》だにあの土地で蔓延《はびこ》っているということか」

「たったそれだけかよ」

俺はベンチを蹴《け》って立ち上がった。プラスティック板が薄っぺらい音を響かせる。呼応するように海がうねった。

「あの女子高生は俺たちが見捨てたようなもんだぞ。何とも思わねえのかよ」

柊一は無表情に呟《つぶや》いた。

「思ったところで事実は変わらない。偽葬と違って、どれほど懺悔《ざんげ》しようが慰めようが本物の死者には届かない。今すべきことはこれ以上被害を出さない対策だ」

喉の奥からいろいろな感情が迫《せ》り上がったが、何ひとつ言葉にならなかった。怒りで熱くなった息を吐き出したとき、硬い手が肩に置かれた。四朗だった。

「柊一に当たるのはやめろ。大元の責任は俺にある」

「何であんたが？　父親役だからかよ」

「草薙に不審な点があることには気づいていた。それを見過ごしたのは俺だ」

四朗が沈鬱《ちんうつ》に首を振る。

「柊一が偽葬の物語作りの話をしたときだ。あの男は三沙を妹だと言った。だが、俺たちは草薙に家族構成を教えていない」

俺は息を呑《の》んだ。妹さんが物語作りの役目なんですね、と、草薙は言った。あのときの四朗の表情を思い出す。ちゃんと問いただすべきだった。

柊一は顎《あご》を引いて頷《うなず》く。

「思えば、最初から草薙は俺に話しかけていました。普通なら家長である父さんに伺いを立てるべきなのに」

「お前の方が俺と恭二より偽葬屋としての歴が長いことまで把握していたということか」

冷たい海水が船内に浸《し》み出し、足元を満たしたように思えた。

「じゃあ、草薙は最初から俺たちを知ってて狙ってたってことかよ」

ふたりからの答えはなかったが、それが肯定だとわかった。

「でも、何のために……？」

「わからない。帰ったらすぐ平阪家の全員に伝えよう」

柊一は腰を上げた。

「恭二、煙草行こうか」

甲板に出ると、金属の板を押しつけられたかと思うほど冷たく重い風が吹きつけた。

白い飛沫《しぶき》が風に乗り、散弾のように頰を打つ。柊一は煙草を咥《くわ》え、俺の肩を押した。

「お前のせいじゃないよ」

「でも……」

「父さんのことを言えなくなってしまったな。俺も自分に都合のいい方を信じて、真実を見失った。偽葬屋として減点だね」

俺は言葉を返せず、柊一の横顔を見た。寒さで白い顔から更に血の気が失せ、唇から漏れる煙も雪女が吐く吹雪のようだ。並んで烟《けぶ》る海を眺めたが、村はもう見えなくなっていた。

霊柩車《れいきゅうしゃ》で平阪家に乗り付けると、提灯《ちょうちん》の赤が闇にぼんやりと滲《にじ》み出していた。星のない夜の唯一の明かりだった。やっと帰ってきたと思ったのに、胸の底が鉛のようにひどく重くなる。偽葬が失敗したことを伝えなければならない。

大昔、婆さんと一緒に親戚《しんせき》の家に行った後、タクシーに乗って帰った夜を思い出した。後から土地の権利の話し合いだったと知ったが、そのときは婆さんが俺を親戚に預けようとしているんだと思っていた。家に帰ったらその話をされると身構えていた。静かなタクシーの走行音を聞きながら、ドラッグストアや民家の明かりが帯状に流れ去るのを眺め、永遠に着かなければいいのにと願っていた。

「着いたよ」と告げる柊一の声が、死刑判決のように聞こえた。

引き戸を開けると、屋敷は暗く、玄関だけぼんやりと明かりが灯《とも》っていた。皆、寝静まっているのだろうと思った矢先、五樹がするりと襖《ふすま》を開けて現れた。いつも通り喪服を着付けていたが、髪は下ろしていた。四朗が気まずそうに口を開く。

「こんな夜遅くまで待っていなくてもいいのに……」

「それは私が決めることです」

取り付く島のない口調で言い放ってから、五樹は俺たちの暗い顔を見て眉《まゆ》を下げた。

「何かあったのですか」

四朗が答える前に、柊一が進み出た。柊一は玄関に立ったまま靴も脱がずに、村で起こったことや草薙のこと、偽葬が失敗したことを告げた。俺や四朗に責任を被《かぶ》せるようなことは一切言わなかった。

話が終わると、五樹は長く細い溜息《ためいき》を吐いた。顔には苦渋が滲んでいた。これから放たれる言葉を待つと気が重くなる。でも、それも含めて俺への罰だ。

あまりに長い沈黙に顔を上げた瞬間、五樹は疲れ果てた声で言った。

「それで、食事もせずに帰ってきたのですか」

想像していなかった問いに狼狽《うろた》えつつ、俺は何とか頷く。五樹は白く塗った頬に少し皺《しわ》を寄せて口角を上げた。

「まったく手のかかるひとたち。奥の間で座っていなさい。簡単なものしか作りませんよ」

四朗が慌てて手を振る。

「そんな手間をかけさせる訳には……」

「気遣いは結構。ですが、気まずいと思うなら配膳《はいぜん》の手伝いをしてもらいましょうか」

五樹は老いた犬を散歩に連れて行くように、首を垂《こうべ》れる四朗を連れて台所へと消えた。

薄暗い座敷には相変わらず空の遺影の額縁と花が置かれていた。線香の火は消えていたが、襖と壁紙に染みついた煙の匂いが漂っている。

座布団に座ってしばらくすると、五樹と四朗が鍋《なべ》いっぱいのインスタントラーメンと三人分の器を持って現れた。礼を言って、菜箸《さいばし》とお玉でラーメンを取り分け、それぞれ膳につく。

醬油《しょうゆ》のスープを啜《すす》ると、温かさに空っぽの胃が収縮した。緊張と混乱で空腹すらも忘れていた。

麺《めん》は茹《ゆ》ですぎてくたくたの部分とまだ硬い部分が混ざり合っていた。残り物の人参やもやし、キャベツの芯《しん》、ウィンナーが濁ったスープに浮かんでいる。いつも完璧《かんぺき》な食事を作る五樹がこんなラーメンを作ってくれることが意外だった。

湯気の向こうから五樹が俺と柊一を見ている。火傷《やけど》しないか、野菜もちゃんと食べているか、幼い子どもを見守る母の目だった。五樹の本当の子どもが生きていた頃を想像して、湯気で曇った視界が更に滲んだ気がした。

フェリーで一睡もできなかったからか、身体が温まったからか、布団に入った瞬間眠りに落ちた。

　夢に現れたのは今までに何度も見た、真冬のバス停だった。婆さんに抱かれながら、兄と別れを告げた場所だ。兄からもらった青いマフラーのウールがちくちくと頬を刺す。目蓋《まぶた》に貼りついた霜が、バスの電光掲示板の光を万華鏡のように散らした。

　普段は兄が去るところまでしか夢に見なかった。それから先の記憶がなかった。でも、今はバスの窓越しに兄の姿を見上げている。こんな夢は初めてだ。

　兄は小さな身体に合わない椅子にしがみつき、俺と婆さんを見つめていた。兄の隣に知らない女がいた。分厚いタートルネックのセーターを着た、二、三十代の女だった。厳しく冷たい印象の目元と口元。会ったことはない、記憶にない女だったが、何処かで見た気がした。

　バスが動き出す寸前、兄が身を乗り出す。発車の勢いで後ろに倒れかけた兄の背を、女が支えた。その手には包帯が巻かれていた。目を凝らすと、セーターの襟から覗《のぞ》く首にもガーゼが貼られ、赤く爛《ただ》れた肌が見えた。思考回路が火花を散らす。

　五樹だ。何で俺の兄と一緒にいるんだ。

　走り去るバスに手を伸ばした瞬間、指先が布団を撥《は》ね上げた。天井の木目が俺を見下ろしている。寝ぼけた頭が戸惑いで支配された。ただの夢かもしれない。寝る前に五樹の過去に想いを馳《は》せていたからこんな夢を見たんだろう。でも、五樹は俺の母親を知っていた。

襖の向こうから話し声が聞こえた。村で起こったことに関して、話し合いが開かれているんだろう。会話の内容はわからないがくぐもった声だけが聞こえる。婆さんの家に集まった大人たちが真剣に何かを話し合っていたときと同じ、疎外感を覚えた。俺の過去については後回しだ。今はまず草薙が何を企《たくら》んでいたのか考えるべき時だ。

身支度を整えて襖を開けると、平阪家の全員が集まっていた。この家に来た初日を思い出す。

当主の老人が眼球のない片目を俺に向け、座れと示した。

「朝一番に巫に電話して問い詰めたが、あいつらは本当に何にも知らねえようだ。あっちの婆さんが珍しく何度も詫《わ》びてきたぜ。こんなことになるとは思ってなかったってなあ」

四朗は正座して揃えた膝頭《ひざがしら》を見つめていた。

「村で聞き込みをした際、村民の少年から、失踪《しっそう》者は女性や子どもに限らないことを聞きました。おそらく、最初から巫家ではなく我々に依頼が回るよう虚偽の情報を与えたのでしょう」

柊一が付け足す。

「三沙が同行することを警戒していたのかもしれません」

「私が？」

「草薙は三沙が物語を作る役目だと知っていたようだ。もし、同行していれば偽葬が正しく完遂されたかもしれない。それを危惧《きぐ》したんだろう」

「みんな私がいないと駄目ってことね」

自慢げに告げる三沙を、五樹が叱責《しっせき》した。当主は白く太い眉を顰《ひそ》める。

「狙いは俺たちってことか。だとしても、目的がわからねえな」

俺は膝《ひざ》の上で拳《こぶし》を握って口を開いた。

「……俺たちが村を出るとき、山にデカい蛇みたいなもんが巻きついてるのを見た気がするんだ」

「蛇？」

「あの村の怪異は大蛇の姿だって聞いた。実際、宿で真夜中、怪異の幻覚を見たとき、下半身が蛇みたいになってた」

全員の視線が俺に注がれる。この続きを口に出すのが恐ろしかったが、何とか自分を奮い立たせた。あの村で些細《ささい》な違和感を見過ごし続けて、結局この様《ざま》だ。もう迷ってはいられない。

「草薙は村のひとを生贄《いけにえ》にして、怪異に力をつけさせて、伝説の中で恐れられてた神みたいな存在にしようとしてるんじゃねえかって……」

皆が黙り込む中、四朗だけが呟《つぶや》いた。

「有り得るかもしれないな。また柊一に叱られそうだが、俺が昔追っていた新興宗教絡みの事件と今回の案件は類似点があるとずっと思っていた。草薙が奴らの残党だとしたら、新たな神を作ろうとしていたというのも頷《うなず》ける」

柊一は肩を竦《すく》めた。障子の向こうからトラックの走行音が響き渡り、全員の前に置かれた湯呑《ゆの》みの茶を揺らした。

当主は腕を組んで首を捻《ひね》る。

「怪異を使って何か企んでやがるなら、わざわざ俺たちを呼ぼうとしたのが腑《ふ》に落ちねえと思ってたが、もし、そうだったら話は変わるな。偽葬で存在しねえ死者を作るように、偽葬で存在しねえ神を生み出そうって訳だ」

草薙は偽葬の本質は呪いだと言った。他でもない本人が怪異に力を与えるために偽葬を行っていたのだとしたら。そう思うとぞっとした。

「神産みとは大それたことを……」

そう呟いた五樹の顔は死人のように真っ青だった。

「四朗さんの疑念が正しいのであれば、件《くだん》の新興宗教に携わった者たちを洗い出すべきですね」

「至急、警察の知り合いに呼びかけるつもりだ」

四朗は会釈し、スマートフォン片手に席を立つ。三沙はぬるくなった茶を啜った。

「私と兄さんはその村の伝承について調べてみる？　正しい内容がわかれば今度こそ偽葬を完遂できるかも」

「間に合うかはわからないが、やらないよりマシだね。行こうか」

ふたりが去ると、座敷の空席が目立ち、どことなく所在ない気持ちになる。

「……俺は何かすることあるか？」

それまで黙っていた平阪夫人はゆっくりと首を横に振った。わかってはいたが、俺にできることは少ない。ふと、いつの間にか五樹の姿も消えていることに気づいた。今なら俺の母親を知っていたことに関して聞けるかもしれない。

俺は老夫婦を残して座敷を出た。

屋敷はいつ見ても広く、ひとを捜すのにも難儀する。ひとつずつ襖《ふすま》を開けていくと、ちょうど縁側に出る五樹の後ろ姿が見えた。俺は後を追う。

障子に手をかけて僅《わず》かに押し開くと、庭先で四朗が佇《たたず》んでいた。左手でスマートフォンを耳に押し当てながら、右手で煙草を持っていた。あの男が喫煙者だとは知らなかった。電話の最中、四朗は何度も唇に煙草を押し当て煙を吐く。五樹は縁側の隅に腰掛け、その姿を見つめていた。

「わかった。資料を送ってくれ。急いでくれると助かる」

四朗は電話を切ってスマートフォンをズボンのポケットにしまうと、煙草を取り落とした。ようやく五樹の存在に気づいたらしい。

「……いつからそこに？」

四朗は忙《せわ》しなく靴先で吸殻を揉《も》み消す。五樹が呆《あき》れたように言った。

「お構いなくどうぞ。柊一さんも吸うのですから」

俺に背を向けているから表情は見えないが、声音は少し笑っているようだった。四朗は身を縮め、距離を空けつつ五樹の隣に座った。

「貴方《あなた》が禁煙を始めたのはこの家に来てからですね」

「木造家屋だから火の不始末でもあったらまずいかと思ったんだ」

「それだけではなく、私が火を嫌うと思ったからでしょう」

四朗が黙り込む。五樹は縁側に手をつき、ほんの少しだけ四朗に半身を近づけた。

「杞憂《きゆう》です。だいたい私が何年台所で火を使ってきたと思うのですか」

「……要らない気を回したようだな」

「要らぬとは言っていません。心遣いがありがたいからこそ、私のために負担を背負うのはよしてほしいと思うだけです」

「負担だと思ったことはない。煙草は健康にも悪影響だからな」

「では、今は何故？」

「昔の事件のことを思い出して、気晴らしをしたかっただけだ」

耳を澄まさなければ聞こえないほど微《かす》かな笑い声が漏れた。偽物の夫婦だが、不器用なところはひどく似合いだ。俺の父親と母親にもこんな時間があったんだろうか。

思わず障子に力をかけていたらしく、歪《ゆが》んだ木枠ががたりと音を立てた。ふたりが同時に振り返る。俺は愛想笑いを浮かべた。

「ちょうど捜しててさ……ここの障子、立て付け悪いんだな」

五樹は見慣れた呆れ顔を浮かべた。

「恭二さん、覗《のぞ》き見は悪趣味です。用があるならそう言いなさい」

「覗いてねえよ」

俺は咳払《せきばら》いし、表情を引き締める。

「五樹さんに聞きたいことがあるんだ」

「何です？」

「……あんたも柊一も、俺の本当のお袋のこと知ってるよな」

五樹は目を見開いた。母は私でしょう、とでも言われるかと思っていたが、明らかに動揺している。

「恭二さん、知っていたのですか」

「ふたりが話してるのを偶然聞いちまって……」

五樹は突然針を飲み込んだように胸を押さえ、顔を更に青くした。四朗が気遣わしげな視線を向ける。冷や汗が額を伝って喪服の襟に落ちたのを見て、俺も流石にまずいと思った。

「別に責めてる訳じゃねえよ。どうしても言えないなら無理しなくても……」

「いえ、言わねばなりません。ちょうどいい機会です」

五樹は肩で息をしながら荒い息を吐いた。

「貴方の本当の母親、明里さんは……偽葬家の……ですから、貴方にも……」

途切れ途切れの言葉が漏れる。ただの動揺では説明がつかない。明らかに身体に異常をきたしている。まさか、草薙やあの村の怪異が何か影響を及ぼしているのか。

「わかった。もういいよ。喋《しゃべ》らなくていいから」

「お聞きなさい！」

五樹は鋭く叫び、俺を見据えた。

「明里さんは最期まで貴方を守ろうとしていました。貴方のお兄様のこともそうです」

「守るって、じゃあ、誰かに狙われてたってことか？」

「その通りです。貴方のお母様は……」

吐き出されたのは言葉ではなく、鮮血だった。五樹は身を折り、口から血を溢《あふ》れ出させる。俺は呆然《ぼうぜん》と立ち尽くした。何故だ。姿も見せずに攻撃してくる怪異なんて今まで遭ったことがない。

五樹が膝から崩れ落ちた瞬間、四朗が動いた。

「五樹！」

四朗は意識を失った五樹を受け止め、素早く抱き上げる。俺はやっと我に返った。

「救急車！　救急車呼んだ方がいいよな？」

「ここからなら病院まで走った方が早い。後は頼んだぞ」

そう言うなり、四朗は庭先にあったサンダルを突っ掛けて走り出した。突然のことでなにが起こったのかわからない。五樹の言い残したことが頭の中を駆け巡る。縁側に残る、既に暗く変色した血痕《けっこん》が風に震えていた。

俺と柊一と三沙は霊柩車《れいきゅうしゃ》に乗り込み、病院へと駆けつけた。こんな車が緊急外来の入り口に停まっていたら見舞い客が何と思うだろうと、関係ないことを考える。そうでもしなければ混乱でおかしくなりそうだった。

病院に飛び込むと、喪服の集団を訝《いぶか》しむ患者たちの視線が突き刺さった。深海じみた仄暗《ほのぐら》さの廊下を進む。

集中治療室から医師と看護師が出てきた。その奥に横たわる五樹が見えた。酸素マスクを白いテープで口に貼り付け、いくつものチューブに繋《つな》がれている。生々しい光景に衝撃が走ったが、生きてはいる。

背もたれのないソファで四朗が項垂《うなだ》れていた。ワイシャツの胸に、五樹の血の痕《あと》が花弁のように散っていた。

医師は疲労困憊《こんぱい》の表情で俺たちに歩み寄った。

「ご家族の方ですか」

視線がそれぞれの喪服を彷徨《さまよ》う。三沙が淡々と言った。

「はい、ちょうど法事の最中でした」

医者は合点が行ったように頷《うなず》くと、再び暗い顔をした。

「容態はひとまず安定しましたが、申し訳ない、まだ原因が不明です。何か持病などはおありですか」

四朗が首を横に振る。

「そうですか。失礼ですが、才原樹月《さいばらいつき》さんとの続柄は……？」

五樹の本名を初めて知った。その瞬間、看護師たちがざわついた。台の上の五樹の身体が、打ち上げられた魚のように跳ねる。

「才原さん！　聞こえますか？　才原さん！」

酸素マスクの内側が霧吹きで赤い水を吹いたように染まった。また血を吐いたんだ。

四朗は集中治療室から目を逸《そ》らさず答える。

「夫です。籍は入れていません。院長先生なら我々のことをご存じのはずです」

答えを聞いて安堵《あんど》したかのように、五樹の様子が落ち着いた。医師はまだ不思議そうな表情で形だけ頷いて見せる。

いったい何が起こってるんだ。三沙が張り詰めた表情で集中治療室を見つめていた。

平阪家に戻るなり、三沙は今朝のように全員を集まらせた。五樹の座っていた座布団だけが空き、湯呑《ゆの》みに半分残った茶に埃《ほこり》が浮いていた。

当主は険しい顔つきで腕組みした。

「五樹はどうだった」

四朗は血痕を胸に付けたまま答える。

「今のところ安定していますが、いつどうなるかわかりません。原因も不明で……」

「……呪いかも」

三沙が言った。

「何だって？」

「草薙って奴がやろうとしてることがわかったかもしれない」

一拍置いて、三沙はひとりひとりの顔を見回した。

「車の中で聞いたけど、お母さんは恭二の過去について何か言おうとしてたんだよね」

「ああ、俺の本当の母親の……」

三沙の手が俺の口を塞《ふさ》いだ。

「何すんだよ」

「黙ってて。病院で母さんの容態が悪化したのは、昔の名前が呼ばれたとき。それから、お父さんとの関係を聞かれたとき」

俺は身を捩《よじ》って抜け出す。

「それが何だって言うんだよ」

「わからない？　あの村の怪異は、嘘をついたひとを連れていくんでしょう」

シャツの襟から放り込まれた氷が背筋を伝い落ちるような悪寒が走った。

柊一が低く唸《うな》る。

「偽物の家族を演じていたことを明かすと呪いを受けるという訳か」

「でも、ここはあの村じゃねえし、五樹は村に行ったこともねえのに……」

「怪異が力をつけたんだ。恭二も大蛇として顕現した姿を見たんだろう？　呪いの効果と範囲は格段に飛躍していると思った方がいい」

「そんな……」

俺は絶句する。当主は茶の残りを飲み干し、痰《たん》が絡んだ咳《せき》をした。

「草薙は俺たちに真っ向から喧嘩《けんか》を売るつもりらしいな」

「どういうことだよ……」

「奴が作ろうとしたもんは、神だ呪いだよりずっと厄介だ。俺たち偽葬屋を殺すための兵器だろうよ」

目の前が暗くなり、草薙が俺と最後に交わした会話が蘇《よみがえ》る。

偽葬屋に誇りを持っているかと尋ねられて答えたとき、奴は微笑を浮かべた。そんなものはないと言ったら、俺のことは見逃すつもりだったのかもしれない。

草薙は答えを聞いて、俺のことも殺そうと決めたのだろう。

胃の底から吐き気が迫《せ》り上がった。

夜の静けさがこれほど恐ろしいと思ったのは子どもの頃以来だ。

当主と夫人は自室に籠《こも》り切って何かの儀式の準備のようなものをしていた。三沙は調べ物のために大量の本を抱えて自室にいったきり出てこない。

ひとりで何もない部屋に座っていると、じわじわと恐怖が忍び寄ってくる。

こうしている間にも誰かがやられるかもしれない。その誰かは俺かもしれない。情けなくて恥知らずだと思いつつ、俺は草薙に答えたことを後悔していた。

偽葬屋になったのは成り行きだ。死にたくないから怪異と戦うしかないと思った。その過程で平阪家の奴らとも奇妙な連帯感が生まれた。だが、命を懸けられるかと問われれば、正直何とも言えない。生きるために偽葬屋になったのに、そのせいで死ぬかもしれない。

五樹が倒れる前に言った、俺の母親の話を思い出す。俺と兄を守ろうとしていたと。

「……心中しようとしたのにかよ」

川で死ぬよりも悍《おぞ》ましい何かから守ろうとしていたのか。兄はあれからどうなったんだろう。約束をしたのに、二度と俺の前に現れなかった。不穏な影が付き纏《まと》う家系から縁を切って生き延びたのか、それとも、もう死んでいるのか。

思考は際限なく広がる。俺は立ち上がり、廊下に出た。向かう先は決まっていた。兄のことを思い出したからじゃない。あいつは他人だ。ただ、他に暇そうな奴が見当たらなかったからだ。

「柊一、いるか?」

襖《ふすま》をノックすると声が返った。柊一はいつかの夜のようにソファに腰掛け、テレビに向かっていた。俺は柊一の隣に座る。

「みんな働いてんのにひとりだけ趣味の時間かよ」

「趣味でもないよ。何も観てない」

テレビの画面は真っ暗で、俺と柊一の顔を映していた。

「あんた怖《こえ》えんだよ」

柊一は声をあげて笑う。

「変なところで笑うのも怖えよ。何考えてたんだ」

「昔のことだよ」

あんたの本当の家族は、と問いかけそうになってやめる。五樹のようなことになりかねない。意図を察したのか、柊一は頷いた。

「それでいい。真実を知ったところで幸せになるとは限らないからな」

「俺たちは嘘で死にかけてるんだぜ。誤魔化しながら生きてたって、いつかは向き合うときが来るんじゃねえか」

柊一は指で唇をなぞり、訥々《とつとつ》と呟《つぶや》いた。

「お前がもし、真実を知ったとして……」

柊一の声に重ねるように、耳元でしゅうと吐息に似た音が響いた。俺と柊一は同時に視線を交わす。ガスが漏れるより細く、湿り気のある響き。まるで蛇が舌なめずりをしながら、獲物を探っているような音だった。夜の闇が、記憶の中の洞窟《どうくつ》に繋がる。怪異がこの家に侵入してきたのか。だとしたら、また誰かが。

「柊一……」

俺の言葉を遮るように、凄《すさ》まじい音が轟《とどろ》き、屋敷を揺らした。俺は飛び上がってソファから降りる。嫌な予感が全身を駆け巡る。誰だ。誰がやられたんだ。

柊一が短く言った。

「祖父《じい》さんの部屋だな」

「当主が……」

俺は駆け出した柊一の後を追う。廊下に飛び出すと、ひとつの部屋の襖が倒れ、廊下に和紙と木の残骸《ざんがい》を散らしていた。襖は猛獣が襲ったように引き裂かれている。

「爺《じい》さん！」

俺は足を速めた。部屋の前に辿《たど》り着くと、廊下の木板に、蛇のようにのたくった五筋のどす黒い液体の跡がついていた。

「老爺、老爺」

夫人が倒れた当主に縋《すが》って肩を揺らしていた。柊一が駆け寄って当主を助け起こす。五樹と同じように血を吐いたのか、顔中が赤く濡《ぬ》れていた。

当主は血の餅《もち》のような痰を吐き出した。息があったことに安堵する。

「悪いな。何とか時間は稼いだが、これが限界だ……」

夫人が当主の頭を自らの膝《ひざ》に乗せ、血を拭《ぬぐ》う。

部屋の前にあった五本の黒い筋と、引き裂かれた襖。当主は俺たちを襲おうとした何かをひとりで退けようとしていたのか。

駆けつけた救急隊員は、赤提灯《ちょうちん》や庭の石燈籠《どうろう》を不気味そうに眺めつつ、当主を担架に乗せて運び出した。年嵩《としかさ》の隊員が俺たちに確認する。

「平阪六郎《ろくろう》さんですね。ご同乗なさる方は奥様の平阪七子《ななこ》様でよろしいですか」

夫人が痙攣《けいれん》するように小さく頷《うなず》いた。救急隊員は当主の本名を呼び、明らかに親族には見えない俺たちに驚く様子もない。四朗が昼間言った通り、偽葬屋と関わりのある総合病院の院長が手を回したのだろう。

俺と三沙は夫人と共に救急車に乗り込む。

煌々《こうこう》とライトで照らされ、最新機器が並ぶ清潔な車内は、古風で常に仄暗《ほのぐら》い平阪家とは別世界だった。

救急隊員が手際よく脈を取り、当主に様々な管を繋《つな》げていく間、夫人はずっと当主の手を握っていた。

当主のシミだらけの胸は呼吸のたびに上下する。息が漏れると同時に髭《ひげ》を伝って黒い血が流れ落ちた。

当主の手が震える。三沙が目を伏せて呟いた。

「お祖父さん……」

俺は祈るような気持ちで拳《こぶし》を握り締める。当主は太い眉《まゆ》を持ち上げ、目を見開いた。絶えず震える手が、夫人の指を握りしめた。

「これで最期だったら、死んでも死にきれねえと思うから、言っておくがな……」

当主は苦しげに咳をして、血の霞《かすみ》を撒《ま》き散らす。救急隊員が老夫婦を取り囲んだ。

「平阪さん、安静に。喋《しゃべ》らないでください」

当主は腕を振って隊員を追い払い、夫人を見つめた。

「遠くから遥々《はるばる》やってきて、慣れない国で他人と暮らしてずっと大変だっただろ。苦労をかけたなあ」

夫人は僅《わず》かに首を横に振り、確かめるように何度も唇を震わせる。

「……他人じゃないわ」

俺と三沙は目を見張る。夫人が日本語を話すところは初めて見た。夫人は当主の手を持ち上げ、自分の頬に寄せた。

「ずっと一緒にいた、夫婦でしょう」

当主は血を吐きながら、いつものように豪快に笑った。汗か涙かわからない透明な液体が顔中の皺《しわ》を巡り、救急車の床に落ちた。

総合病院に着き、当主が集中治療室に入るのを見届ける頃には、夜明けが訪れた。花壇に囲まれた病院の駐車場に出る。強烈な陽光が一睡もしていない目を突き刺し、太陽に殴られたようだった。たった一日で、平阪家のふたりがここに送り込まれた。これからもっと増えるかもしれない。

夫人は杖《つえ》に縋りながら小さな歩幅でよたよたと歩く。当主と言葉を交わして以降、何も喋らず、ぼんやりとした笑顔を浮かべている。夫が搬送されたことを覚えているのかすらもわからない。

俺と三沙は夫人に歩調を合わせて歩いた。思えば、平阪家に来てからだいぶ経つが、近所を散歩して回ったことはなかった。

花輪が飾られた新装のパチンコ屋に並ぶ中年たちの列や、ファミリーレストランを居抜きしたやたらと巨大な携帯ショップ。ごく普通の街だ。

三沙は夫人の手を引いて進む。

「お祖母《ばあ》さん、ゆっくりでいいからね」

大通りを抜けると、閑散とした住宅街に入った。二階建ての木造家屋や古びたコインランドリーが並び、その隙間から線路が見える。錆《さ》びたフェンスの向こうに砂利が敷き詰められ、ピンク色の花が咲いている。貨物列車が轟音《ごうおん》を立てて駆け抜けると、花の茎が千切れそうなほど揺れた。

見知らぬ人間たちの日常がある。俺たちが怪異と戦って死にかけていることなど知らない、俺たちに守られているひとたちの日常が。俺も少し前まではそちら側にいた。

「むかつくね」

三沙が呟いた。心の内を見透かされたような言葉にぞっとする。

「……何がだよ」

「みんなを襲ってる奴らに決まってるでしょ。恭二はぶっ殺してやりたいと思わないの？」

「……あんたは怖くねえのかよ」

「怖いって思うより、むかつくのが先。だから、戦っていけるのかもね」

「強いんだな」

三沙は可笑《おか》しそうに噴き出した。出来の悪い弟を揶揄《からか》うような表情を見たのも久しぶりだ。

「怪異は怖がったら負けなんだよ。怒り続けている間は、負けなくて済む」

そのとき、間の抜けた着信音が鳴り響いた。三沙が足を止め、スマートフォンを取り出す。夫人が先に進もうとして数回足踏みした。俺は倒れないよう支えつつ、三沙を盗み見た。

「お父さん？」

電話の主は四朗のようだ。三沙の表情が微《かす》かに強張《こわば》る。理由を問う前に、三沙は電話をスピーカーフォンに切り替えた。

「調査の結果が出た……例の新興宗教の残党を全部洗い出したが……草薙に繋がるものは何もなかった……」

四朗の声は水の中で口だけを出して喋っているかの如くくぐもっていた。時折泡が弾《はじ》けるような音がする。五樹や当主が血を吐いたときと同じだ。

「お父さん、今どうなってるの。大丈夫？　まさかお父さんまで……」

朝日に照らされているはずの身体が一瞬で冷え切った。

「何でだよ……当主が時間を稼いでくれたはずじゃ……」

「調査のために昔の名前を使ったのがまずかったらしい。覚悟の上だったが……」

「四朗、今どこにいるんだよ」

「心配するな。もう今は柊一の車で病院に向かっているところだ」

「もう喋るなよ。安静に……」

「いいから聞け！」

四朗が怒鳴り、キンとしたノイズが走った。

「調査に協力してくれる警察時代の後輩の連絡網を置いていく。いいか、新興宗教の連中はハズレだった。俺にはもうできることがない」

「そんな……」

「三沙……恭二……頼んだぞ……」

苦しげな咳《せき》が聞こえ、それを隠すように電話が切れた。

俺と三沙は路傍に立ち尽くす。新聞の配達員が自転車で横切り、冷たい風が吹き抜けた。

「……お父さん、恭二のことも家族って認めてくれたんだね」

「そんなこと言われたって、どうすんだよ。四朗までぶっ倒れたんじゃ、俺にできることなんて……」

三沙は自分の細い身体を抱きしめるように腕を抱えた。

「そうだね、どうしようか。お父さんの当てが外れたんじゃ一からやり直し」

動じていないような口振りでも、肩が震えているのがわかった。三沙ですらこの様《ざま》なら、俺に何ができるだろう。明るい歩道に民家の影が伸びる。

「邪《よこしま》な蛇が、清い子の腹に潜った」

唐突に嗄《しゃが》れた声が聞こえた。俺と三沙は辺りを見回す。声の主はわかっていたが、信じられなかった。

今まで弱々しく足踏みしていた平阪夫人が、地面に杖を突き立て、両脚でしっかりと立っている。

「お祖母さん……？」

三沙は近づこうとして威圧されたように足を止めた。夫人の目は毅然《きぜん》と前を見据え、見えない敵を視線で射殺そうとしていた。

「邪な蛇は、清い子の腹に潜り、卵を産みつけた。今、卵は孵《かえ》り、蛇たちが放たれた」

夫人は神託を告げる霊験あらたかな巫女《みこ》のように続ける。

「蛇の穴は暗く冷たい。即ち艮《うしとら》の鬼門にある。案山に守られた、広く光射す明堂にて迎え討ちなさい」

そう言い切って、夫人は口を噤《つぐ》んだ。

「何言ってんのかわかんねえよ。三沙、婆さんはどうしちまったんだよ」

「わからないけど……」

三沙の蒼白《そうはく》な頬に心なしか赤みが戻った。

「鬼門っていうのは北東の悪い方角で、逆に明堂っていうのは風水でエネルギーが溜《た》まるいい場所ってことになってる。たぶん、草薙が北東にある何かに呪いの道具を仕込んでるって言いたいのかも」

「清い子がどうたらっていうのは？」

「草薙は新興宗教の残党じゃないんだよね。だったら、元々は私たちみたいに怪異と戦ってたひとだったのかも……」

俺が問いを続ける前に、平阪夫人が歩き出した。迷いのない足取りで家へと向かっていく。俺と三沙は慌てて後を追った。


屋敷に帰ると、庭先に見慣れた霊柩車《れいきゅうしゃ》が停まっていた。既に柊一が四朗を病院に送り届けて帰っていたらしい。

ひび割れた塀のポストに茶封筒が捩《ね》じ込まれていた。宛名《あてな》は油性ペンで「円馬《えんま》士郎《しろう》様」と記されている。四朗の本名だろう。馬鹿正直に命懸けで犯人を追い詰めようとした執念の証《あかし》だ。やはり偽葬屋より刑事に向いている。俺は茶封筒を握り締め、引き戸を開けた。

奥の座敷はこれほど広かっただろうか。最早《もはや》半分近く空席になった中、座布団に座りながら、三沙は柊一に事の次第を語った。俺はその間に茶封筒を開き、中身を引き出す。まず出てきたのは写真だった。

蛇の穴のようにねじくれた洞窟《どうくつ》が写っていた。あちこちに引き裂かれた呪符や燭台《しょくだい》がある。真っ赤な祭壇には血が滴ったような跡がこびりついていた。異様さに怖気《おぞけ》が走る。

柊一は煙草を咥《くわ》えながら写真を捲《めく》り、夫人に見せた。

「これが蛇の穴ですか」

「穴を塞《ふさ》がない限り、蛇は湧き続ける」

夫人は力強く頷《うなず》いた。あまりの変貌《へんぼう》に改めて驚いていると、三沙が揶揄うように笑った。

「兄さん、これはお父さんが追ってた新興宗教だよね。でも、信者の中に草薙はいないんでしょう」

「そうだね。考えを変えるべきだ。『邪な蛇が清い子の腹に潜った』か」

柊一はまだ半分も吸っていない煙草を灰皿ですり潰《つぶ》して立ち上がった。

「目星はついた。幸い距離は遠くなさそうだ。恭二、行こうか」

「俺も？」

「恭二はうちに来てからまだ日が浅い。一番呪いの影響を受けにくいだろう」

俺は頷く。

「わかった。三沙、婆さんのこと頼んだぜ」

「今のお祖母さんなら私が世話をされる方かも」

三沙は軽く手を振った。

玄関を出ると、柊一は霊柩車を素通りして門を出ようとした。

「車は？」

「電車で行く。霊柩車では目立つからな」

「今更だろ……」

有無を言わさず足を進める柊一を追いかけようとしたとき、背後から凛《りん》とした声が響いた。

「柊一、恭二」

夫人が庭先に佇んでいた。土の上に金色の香炉のようなものを置いた。香炉の中で赤々とした火が焚《た》かれている。夫人は真っ直ぐに手を伸ばした。

「昨日まで着ていた服は？」

柊一が「裏の脱衣所にあります」と指さす。ここに連れて来られたとき、服を着替えて身体を洗った、簡易式のシャワー室だ。夫人は杖《つえ》も使わず裏まで歩いていくと、洗濯籠《かご》を持って戻り、溜まったシャツを香炉の火で炙《あぶ》りだした。

「婆さん、大丈夫なのかよ。まだ呆《ぼ》けてるんじゃねえか」

「まさか、女道士直々の祓《はら》いだ。着衣に染み付いた穢《けが》れを祓っている。家の守りは任せておこう」

夫人は険しい顔つきで、舞い上がる火の粉と塵《ちり》を睨《にら》んでいた。


駅を使うのも、電車に乗るのも久しぶりだ。平日昼間の鈍行列車は静まり返り、車両には俺と柊一以外誰もいない。

座席に腰を下ろした途端、緊張の糸が解け、睡魔が襲ってくる。目を閉じる前に、微《かす》かに笑う柊一の口元が見えた。

電車の振動のせいか、バスに乗っている夢を見た。一昨日《おととい》の夢の続きだろうか。あのとき、兄と一緒にバスに乗り込んでいれば、俺の人生は違ったかもしれない。それとも、兄と一緒に、母を殺した何かに巻き込まれて死んでいただろうか。だったら、今の方がマシだ。

「……兄貴が生きてんならこれでいいか」

呟《つぶや》いた瞬間、大きく肩を揺すられて目が覚めた。口元が濡《ぬ》れている。顎《あご》を拭《ぬぐ》うと唾液《だえき》が糸を引いた。柊一が俺を置いてさっさと立ち上がる。

「降りるよ」

心なしか口調が強かった。

「何怒ってんだよ」

言いかけて、柊一の喪服の肩が粘質の液体でテカテカと光っていることに気づいた。俺が寝ている間ずっと寄りかかっていたのだろう。

「……悪かったな」

「何が」

ホームに降りると、駅舎に夕陽が降り注いだ。踏切の向こうには橙色《だいだいいろ》に染まるバスロータリーと、光り輝くアーケードの商店街が見えた。その後ろには低い山が聳《そび》えている。

「ここに何があるんだよ」

柊一は茶封筒に入っていた地図を引き出し、山を指さした。

「あそこにあるのが、父さんが追っていた新興宗教の本拠地だった場所だ」

長閑《のどか》な街が途端に不穏な影を背負って見えた。

「山に行くのか」

「勿論《もちろん》。その前に確かめるべきことがある」

俺と柊一は改札を抜けた。駅前には緑の日除けがかかった書店やドラッグストアがあった。特売のティッシュ箱を提げた主婦や、スクールバッグを背負った部活帰りの高校生が行き交う。怪異の巣窟《そうくつ》が隠れているとは思えない光景だ。

柊一は商店街の手前にある喫茶店で立ち止まった。

「確かめるって、喫茶店のメニューのことか」

「今日はろくに食べてないだろう。山登りの前に何か腹に入れといた方がいい」

俺は呆《あき》れつつ、橙色の扉を押した。

店内は昭和然とした木製のテーブルと椅子が並び、ステンドグラスのランプやピンク色のダイヤル式電話があった。

奥の席に座り、焼き飯のセットを待つ間、柊一と共に煙草を吸う。この男について探ろうとするたびに、新たな問題が現れて機会を逃している気がした。今なら聞けるかと思ったとき、遮るように店主が食事を運んできた。不思議な力が働いているみたいだ。

山盛りの焼き飯にはたくあんと味噌汁《みそしる》がついていた。退職した老人が趣味でやっている喫茶店なんだろう。スプーンを口に運ぼうとしたとき、柊一が店主を呼び止めた。

「お久しぶりです、伊吹さん」

俺は手を止め、思わず顔を上げる。

「伊吹って、四朗が追ってた怪異とほとんど相討ちになったっていう偽葬家の……」

黒いエプロンをかけた老人が俺たちを見下ろしていた。オールバックの白髪と飴色《あめいろ》のサングラス、頬には深い傷があり、裏社会の人間のように見えた。老人は片方の口の端を吊《つ》り上げる。

「こっちは気づいてて知らないふりしてやったんだがな、平阪」

老人は猫を追い払うように俺を壁際に押しやると、堂々と隣に腰を下ろした。エプロンを外し、ポケットから出した煙草に火をつける。マフィア映画の俳優のようだった。

「あんた、それで接客業かよ」

「俺の店だ。俺の好きにする」

柊一は微笑を浮かべ、俺と老人を順番に見比べた。

「恭二、こちらは伊吹家の当主だった方だよ」

「今はお役御免だがな。伊吹家自体が無期限休業だ」

「伊吹さん、こちらは次男の恭二です」

伊吹老人は笑いながら俺の肩を叩《たた》く。

「面白い奴を見つけてきたな。よく似てるよ。これなら兄弟で通る」

「前も言われたけど絶対に似てねえよ。偽葬屋からはそう見えんのか？」

途端に、伊吹が笑みを打ち消した。重く甘い煙が卓上を這《は》う。

「うちを訪ねてきたってことは、よくないことでもあったんだな」

「はい。今、平阪家の全員が死の危険に晒《さら》されています。聞きたいことはふたつ。ひとつは伊吹家が新興宗教で祀《まつ》られていた怪異を弔ったとき、偽葬は完遂されたのか」

「……したと思った。だが、その後うちの家族が次々死に、生き残った者も事故や病に見舞われた。俺の右目も殆《ほとん》ど見えなくなった」

伊吹はサングラスの下の右目を指す。眼球が茹《ゆ》で卵《たまご》のように白濁していた。

「もうひとつ。伊吹家の中で、ここにいる恭二と同じくらいの年の男が行方不明になっていませんか」

俺は息を呑《の》んだ。まさか、草薙が伊吹家の一員だったというのか。

伊吹は立ち上がり、厨房《ちゅうぼう》の奥に消えると、写真立てを持って戻ってきた。

「こいつか？」

学ランを纏《まと》った少年が写っていた。幼さが残っているが、品が良さそうな顔立ちは草薙そのものだった。柊一が首肯を返すと、伊吹は吸いかけの煙草を再び唇に押し当てた。

「伊吹龍弥《たつや》。本名は知らん。平阪家が数字を名前につけるように、うちは龍《りゅう》の字を入れる」

「彼はどうなったのですか」

「……龍弥は優秀だった。俺が見た中で一番才能があった。役割は哭女《なきめ》だ。優しい子だったから、怪異に同情するのも得意だった」

俺と同じ役割だ。

「だが、あの偽葬の後、段々と様子がおかしくなった。何度も山に向かうようになり、家族が死ぬたび声を上げて笑った」

「……そして？」

「うちの中で殺すべきだって意見も上がったが、俺にはどうしてもできなかった。そのうち、姿を消してそれっきりだ。今にして思えば、怪異に乗っ取られてたんだろう。怪異は龍弥の身体の中で育ち、再び目覚める機会を窺《うかが》っていた」

邪な蛇が清い子の腹に潜った。夫人の言葉が蘇《よみがえ》る。

伊吹は煙草を揉《も》み消し、俺と柊一を見た。

「迷惑かけたな。俺が殺していればお前らに累は及ばなかった」

「そんなことできねえだろ。家族みたいなもんなんだから……」

思わず口に出すと、伊吹はサングラスの奥の目を細めて笑った。

「お前も哭女か」

「そんなことまでわかんのかよ」

「わかるよ。優しい奴だ」

柊一は伏し目がちに告げる。

「伊吹龍弥は怪異に乗っ取られ、偽葬屋を殺すための呪いをばら撒《ま》いています。もし、弔うための偽葬ができなかった場合、殺して怪異ごと消滅させる必要があるかもしれません」

唖然《あぜん》とする俺を余所《よそ》に、伊吹は頷《うなず》いた。

「仕方ないだろうな。龍弥が怪異に巣くわれてるなら、今でも苦しんでるだろ。殺してやった方がいいかもしれない」

「あんたはそれでいいのかよ……」

「昔やるべきだったことをやるだけだ。食い終わったらついてこい。龍弥の遊び場に連れて行ってやる」

伊吹が立ち去り、俺たちは冷め切った焼き飯を食った。人間を殺す。想像していなかったが、それしかないことも納得できた。俺にできるだろうか。

俺は五樹や四朗、当主たちの顔を思い浮かべる。恐怖に打ち勝つには怒るしかない。平阪家の奴らが死ぬより、伊吹龍弥を殺す方がマシだ。


伊吹は喫茶店の扉に「準備中」の札を提げ、俺たちを車に乗せた。

車内は煙草と樟脳《しょうのう》の匂いがする。車は商店街の通りを抜け、夜闇に染まる山へと近づいていった。空との輪郭が曖昧《あいまい》になった山肌は、溶け出した黒で街を侵食しようとしているように見える。

伊吹はハンドルを切り、木々に覆われた山道へと進んだ。

「龍弥は何度も山に繰り出していた。宗教施設自体は既に解体されてるが、あいつが訪れていた場所は残ってるかもしれない」

「伊吹さんはそこを確かめたことは？」

「数えきれないほどあるさ。龍弥が戻って来ないか捜し回った。いつからか虚《むな》しくなってやめたがな。ほら、あそこだ」

停車した場所は、ひどく古い隧道《すいどう》だった。トンネルの周りを今にも崩落しそうな煉瓦《れんが》が覆っている。中の暗闇は夜空よりも遥《はる》かに濃く、一度呑《の》み込まれたら二度と出られないような気がした。

伊吹は車を降り、懐中電灯片手にトンネルへと入っていった。俺と柊一はすぐ後ろを歩いているのに、伊吹の背を見失いそうになる。闇が濃い。墨汁で満たしたようだ。

唯一の光が真っ直ぐに進む。その先に、へし折られた木板のような残骸《ざんがい》が散らばっていた。足を速めると、光の中に汚れた朱塗りの卓や、赤い襤褸《ぼろ》が浮かび上がる。四朗に送られてきた写真の祭壇と似ていた。

俺の喉《のど》から呻《うめ》きが漏れた。祭壇の周囲には、折り紙で作った着物の人形がびっしりと貼り付けられていた。村の洞窟《どうくつ》で見た、架空の生贄《いけにえ》たちのようだった。違うのは、人形の顔の部分に写真が貼られていることだ。どれも皆、幼い顔つきの未成年だ。新興宗教で生贄にされたのは、騙《だま》された非行少年たちではなかったか。

伊吹が低い声を漏らす。

「龍弥、戻ってきてたのか……」

「向こうにまだ何かがありますね」

柊一は躊躇《ちゅうちょ》なく祭壇に近づき、引き倒す。腐った木が崩れ、不快な臭いの埃《ほこり》を舞い上げた。

俺はまた無意識に呻く。祭壇の裏に隠されていたのは、かまぼこ板のような小さな木片を組み合わせ、黒く塗った無数の何かだった。位牌《いはい》を模しているんだ。

柊一は伊吹から懐中電灯を受け取り、ひとつずつ確かめる。位牌の紛《まが》い物には白いペンで名前が書かれていた。

「伊吹さんの知っている者の名はありますか」

「ああ、うちの母親役に祖父役、次男に長女……みんな死んだ」

「偽葬家の筋を使えば情報収集も容易《たやす》かったでしょうね」

柊一は位牌のひとつを手に取り、奥歯を噛《か》み締めた。

「何があったんだよ」

俺は屈《かが》み込んで柊一の手元を覗《のぞ》く。白字で記されていた名前は、才原樹月。五樹の本名だ。柊一は次々と位牌を引き抜く。もうやめてくれ。違うと言ってくれ。そう願ったが、位牌の名前は容赦なく闇に浮き上がる。豊国緑郎《とよくにろくろう》。樊小琪《ハンシャオチー》。円馬士郎。本所美砂《ほんじょみさ》。

これはきっと平阪家の皆だ。

見たくないのに視線が独りでに動く。闇の中の位牌にふたつ。俺の本当の名字、「出淵」の名前があった。

「何で、ふたつも……」

凄《すさ》まじい音が響き、粉々になった木片が飛び散った。柊一は偽の位牌を蹴《け》り倒し、足で踏み躙《にじ》る。薄い木板が次々と破《わ》れた。

「柊一、何してんだよ」

「これも偽葬の一環だ。俺たちを死人として扱うための。これがある限り俺たちは死から逃れられない」

柊一は一心不乱に位牌を壊し続ける。鬼気迫る形相に足が震えそうになった。駄目だ。恐怖に負けないためには、怒るしかない。

俺は自分を奮い立たせ、偽の位牌を蹴破った。いとも簡単に破れ、黒い塗装が剥《は》がれた面が露《あら》わになる。こんなもので俺たちを殺そうとしていたのか。

そう思うと、自然と怒りが湧いた。


全てを壊し終えてから、俺たちはトンネルを出た。伊吹は黒々とした山を見渡した。

「もう終電だな。家まで送る」

「そこまで迷惑はかけられません」

「迷惑かけてんのはこっちだろ」

伊吹は俺と柊一を車に乗せ、シートベルトを締めた。座ると疲労が一気に押し寄せる。

緩やかに山道を下る車に揺られながら、俺は窓に額を押し付けた。

「これで呪いは消えたのか？」

「まだだ。元凶の怪異が野放しになっている。アレを倒さない限りどうにもならない」

まだ続くのかと思うと、絶望が忍び寄った。俺はかぶりを振る。聞かなければいけないことがある。

「柊一、あの位牌……」

「何だ」

「出淵って名前がふたつあった」

柊一は陰鬱《いんうつ》な顔で俯《うつむ》いた。代わりに口を開いたのは、伊吹だった。

「呪いが怖けりゃ答えなくてもいい。恭二、出淵明里って名前に覚えはあるか」

身を乗り出した俺の身体をシートベルトが押し止《とど》める。何で伊吹まで俺の母親を知っているんだ。伊吹はミラーを傾け、俺の表情を確かめた。

「やっぱりな。顔を見ればわかる。よく似てるよ」

俺は乾き切った唇を舐《な》める。母親だと言ったら、呪いが発動するかもしれない。

「……出淵明里に何があったんだよ」

「出淵ってのは昔、廃絶した偽葬家だ。明里さんは生まれつき力が強くてな。家がなくなった後も度々、俺たち伊吹や巫、平阪にも手を貸してくれた。お前らのお袋の五樹さんとも交流があった」

だから、五樹は俺の母親を知っていたのか。

「怪異にとって、偽葬屋も偽葬屋に力を貸す奴も天敵だ。今、龍弥を乗っ取ってる怪異のように偽葬屋を殺そうとする怪異は度々現れる」

「じゃあ、出淵明里も……」

「まずは明里さんの夫から殺された。子どもたちにも被害が及びかけて、逃げきれないと思ったんだろう。そこで偽葬屋らしく怪異を騙そうとした。ふたりの息子を連れて冬の川に飛び込み、無理心中のふりをした。実際には五樹さんを呼んでから、子どもたちだけ身体に縄を巻きつけて溺《おぼ》れないようにした。お陰で息子ふたりはすぐ引き上げられたが、明里さんは駄目だった」

俺は言葉を失う。ずっと母は俺と兄を殺そうとしたんだと思っていた。そうじゃなかった。自分を犠牲にして、助かるようにしてくれていたんだ。

車が山を抜け、家々がまばらに点在する通りへと進んだ。人家の明かりが滲《にじ》み、俺は目を擦《こす》った。

「柊一、あんた知ってたのかよ」

「五樹さんから話は聞いていた。でも、お前を山で見つけたのは偶然だった。因果だね」

柊一がティッシュペーパーを差し出した。俺は洟《はな》をかみ、もう一度目を拭《ぬぐ》う。死ぬ訳にはいかない。母が繋《つな》いでくれた命だ。それに、まだ兄にも会えていない。

スマートフォンの着信音が車内に響き渡った。俺は身構える。よくない報《しら》せの予感がした。

柊一が電話に出る。スピーカーフォンにして聞こえてきた嗄《しゃが》れた声は夫人のものだった。

「恭二もそこにいるのね」

力強い問いに、柊一が同意する。

「取り乱さず聞きなさい。三沙がやられました」

俺は言葉を繰り返す。

「三沙が……!」

「皆と同じでまだ息はある。今は病院よ。三沙はこの本の表紙を柊一に送るよう言いました。偽葬のための物語でしょう」

あいつも倒れる直前まで、怪異と戦おうとしていたのか。

「今からその写真を送るわ。偽葬は二人が戻り次第行います。この屋敷は明堂にある。皆が集まったこの地にて、蛇を迎え討ちなさい」

電話が切れて間もなく、柊一に写真が送られてきた。

「婆さん、スマホも使えるようになったんだな」

「この期に及んで軽口を叩《たた》けるならいい傾向だ」

柊一は微笑して添付されたファイルを開く。黒い表紙の本だった。牙《きば》を剝《む》き出した蛇が禍々《まがまが》しいタッチの油絵で描かれている。著者の名前は本所ナナフシ。ふざけたペンネームだが、名字が三沙の本名と同じだ。ホラー作家だったという父親の著作なのだろう。本のタイトルは『手負蛇の呪い』だった。

柊一が口角を上げて呟《つぶや》く。

「手負蛇か……流石三沙だ。使えるな」

「何だよそれ」

「『絵本百物語』にある怪談だ。ある村の村長が、子どもたちが蛇を殺して遊んでいるのを見かけて、祟《たた》りを恐れた。その夜、村長の枕元に蛇が現れ、病に冒される。手当の末に回復するまで長い時間を要したが、それに対して、蛇を殺した子どもたちには何も起こらなかった」

「それっておかしくねえか。子どもは祟られずに、怖がってた村長はやられるって、普通逆だろ」

伊吹がハンドルを切りながら言った。

「怨念《おんねん》ってものは望んだ者に作用するんだ。祟りを恐れるのも、無意識に天罰が降《くだ》るべきだと思い込む望みの表れかもしれないな。だから、村長は呪われ、子どもは呪われなかった」

まだ腑《ふ》に落ちなかったが、柊一は頷《うなず》いていた。

「俺たちは今、偽葬屋を殺す呪いを恐れている。それを逆手にとって、恐れなければ呪われないということにすればいいんだ」

「そんなことできるのかよ」

「恭二、お前の気持ちが武器になる」

柊一は俺を見据えた。

「嘘をついた者を殺す呪いだから、他人どうしで家族を演じる偽葬家は殺される。だったら？　本物の家族だと思えばいい」

「通用するか？」

「させるんだ。そうすれば、嘘をついていない者を殺そうとした蛇の方が、ルールを破った嘘つきになる。呪いを差し向けて殺し返すことができる」

できるんだろうかと自問する。俺の家族は婆さんと兄だけだと思っていた。今だってそうだ。でも、あいつらと過ごした時間は嘘じゃない。

「恭二、偽葬をやろう。俺とお前で」

俺は顎《あご》を引いて頷いた。

「やってやるよ」

やれるはずだ。俺はもうあいつらに死んでほしくないと思っている。


空が白くなる頃、平阪家の赤提灯《ちょうちん》が見えた。

今日は四朗が食事当番のはずだった。また、五樹が厳しい口調で料理の腕を詰《なじ》り、三沙が揶揄《からか》い、当主が豪快に笑い飛ばし、夫人が全員を見守る。そんな朝が来ていたはずだ。

それを奪った伊吹龍弥なら、殺せる。俺は自分に言い聞かせた。

車を降りると、夫人が門の中で待ち構えていた。伊吹が頭を下げる。

「お変わりないようで」

「龍彦《たつひこ》さんも息災で何より。遠路はるばるご苦労さま。私の孫がご迷惑をおかけしたわね」

俺はふたりを指す。

「知ってんのか？」

「勿論《もちろん》。若い頃は本当に美人だった」

「今は崩れていると言うのかしら」

悪戯《いたずら》っぽく笑う夫人の口元に、昔の面影が垣間見《かいまみ》えた気がした。

伊吹と夫人が会話しているのを横目に、俺と柊一は霊柩車《れいきゅうしゃ》に寄りかかって煙草を吸った。徹夜明けの脳みそはじんわりと熱く、芯《しん》は冷たく、頭蓋骨《ずがいこつ》に煙が満ちるような気怠《けだる》い心地よさがあった。紫煙を吐く柊一を見ながら、平阪家の中でこいつが一番わからないと思った。

「柊一、偽葬のために聞いておきてえんだ」

「何を?」

「いろいろだよ。本当の家族だと思わなきゃまずいのに、あんたが一番わかんねえ。いつからここにいて、その前は何をしてたんだ」

柊一は寂しげに笑った。

「子どもの頃からずっとここにいるよ。長さで言えば、祖父母、母、その次が俺だ。いろんな人間がここの家に加わり、去っていくのを見た。四朗さんの前の父も、今はいない姉や兄も見送った。ここに来たときは俺が三男だった」

その度に家族の死を味わってきたのだろうか。柊一の空洞じみた瞳《ひとみ》に映るものが見えた気がした。俺はふと夢の中のバスを思い起こす。

「あのさ、ただの夢だって言われたらそれまでなんだけど」

「急にどうした」

「前に夢で見たんだ。五樹さんが俺のいなくなった兄貴と一緒にバスに乗るところ」

「俺と？」

「あんたじゃねえよ。本当の兄貴だ」

言いかけてから俺は口を押さえる。柊一は「先が思いやられるな」と笑った。

「彼の名前は？」

「覚えてねえんだよ」

「それなら探りようがないな。でも、母さんが引き取ったなら、どこか安全なところで生きているんだろう。怪異の手が届かないところで」

そうであってほしいと思う。俺のことは忘れていてもいい。

「柊一、あんたはずっと本当の家族には会えてねえのか」

「いや、今でも会ってるよ」

「そんなのありかよ」

「役得だよ。そろそろ行こう。家族を取り戻すんだ」

柊一は火が消えた煙草を折った。

庭には既に偽葬の準備が整えられていた。

だが、いつもと違う。噎《む》せ返るほどの線香と火が焚《た》かれているのは同じだが、棺《ひつぎ》も遺影もなければ、霊膳《れいぜん》もない。筵《むしろ》だけが敷かれ、その先に丸い穴が掘られていた。土葬にしては小さすぎる。これでは頭しか入らないだろう。

「土壇場か」

柊一が呟く。

「処刑場だよ。昔の罪人が首を斬り落とされた場だ」

「処刑場……」

「言っただろう。殺すための偽葬だと」

筵の隅に木の桶《おけ》が置かれていることに気づいた。首桶だ。平阪夫人が筒状のものを手にやってくる。白木の鞘《さや》を抜くと、銀色に輝く刀身が鈍く光った。やるしかない。

俺と柊一は並んで座る。刀を携えた夫人が穴の前に正座し、鋭く告げた。

「ひとたびは不遜《ふそん》な蛇を神として招き入れる。彼奴《あやつ》は必ず這《は》い上《のぼ》り、我らが屋敷を穢《けが》す。その首を以《もっ》て偽葬を完遂させる」

伊吹は縁側に腰掛けて見守っていた。サングラスの奥の表情は読めない。自らが殺せなかった子どもを俺たちが殺すのを見るのは、どんな気持ちだろう。

柊一が顎を上げた。

「始めよう」

蛇が這ったような冷たい風が吹き抜けた。

平阪夫人が細く息を吸い、紙を裂くような声を上げた。

「掛けまくも畏き、蛇の大神。大穴にて生まれ出る、艮《うしとら》の山にて御身を現し給う大神」

古めかしい祝詞《のりと》が屋敷に響き渡る。夫人は凜然《りんぜん》と続けた。

「諸々《もろもろ》の禍事、罪穢《けが》れあるこの地にて、祓《はら》え給え、清め給えと申すことを聞こしめせと、畏み畏み申す」

風もないのに炎が揺れた。庭に漂っていた線香の煙が、左右に割れて流れ出す。何者かが通る道を空けるように。

門の方から泥の匂いがしたかと思うと、庭の地面が隆起し、土塊《つちくれ》を巻き上げた。地中の浅いところを潜って蛇がやってくる。

平阪夫人は背後から突き飛ばされたように仰《の》け反《ぞ》り、血を吐いた。

「婆さん！」

「鎮まりなさい」

鋼を打ったような声が返る。夫人は唇から血を滴らせながら、駆け寄ろうとした俺を制止した。

「神の御前であるが故に」

俺は浮かせた腰を下ろし、膝《ひざ》の上で拳《こぶし》を握る。地面に亀裂が走り、一直線に土が盛り上がる。近づいてくる。

屋敷が振動し、庭に停めてあった霊柩車が突き上げられたように跳ねる。石燈籠《どうろう》が真っ二つに割れた。土埃《つちぼこり》と石の破片が充満する。平阪夫人は血を吐き続けながら正面を睨《にら》んでいた。

烟《けぶ》る視界の中で、巨大な帯状のものが蠢《うごめ》いた。来たんだ。煙が取り払われていく。泥と埃《ほこり》に塗《まみ》れた鱗《うろこ》のぬらりとした光沢が覗《のぞ》いた。しゅるりと息を吐き、舌を蠢かせる蛇の頭がそこにあった。

俺は拳に力を込め、血が出そうなほど握りしめる。

「柊一……」

柊一は真っ直ぐに前を見たまま頷《うなず》いた。

「大丈夫だ。俺とお前なら」

蛇の舌が土埃を舐《な》めるように彷徨《さまよ》う。俺たちを探しているんだろう。押し殺していた恐怖が膨れ上がる。

大丈夫なものか。柊一は他人だ。嘘は見抜かれる。他の奴らと同じようになす術《すべ》なくやられるはずだ。でも、何故未《いま》だに俺と柊一だけは無事なのだろう。まさかと思い、一瞬柊一の横顔を見た。

濃密な泥の匂いに、俺が死にかけた夜の山が蘇《よみがえ》る。生き埋めにされて、ひたすら寒さと重さと苦しさだけを感じた。酸欠でぼやけた脳が、兄の幻覚を見せた。あのとき、柊一は俺を見つけて、土の中から掘り出した。血の通った温かい手に触れた瞬間、俺は兄を思い出した。やっと迎えに来てくれたんだと。俺の唇がひとりでに動く。

「兄貴……」

視界が暗転した。

暗い。ひどく暗い。冷たい水が地面の石を打つ音だけが響く。俺は穴ぐらの中に立っていた。

村の洞窟《どうくつ》か、山のトンネルか。暗がりの中で何かが蠢いた。一匹の蛇が目を光らせ、俺に飛びかかる。

仰け反って避《よ》けると、蛇は口惜《くや》しげに牙《きば》を鳴らし、奥へと引っ込んだ。

蛇が消えた方に誰かがいた。俺は導かれるように足を進める。白装束を纏《まと》った、色白で線の細い、若い男だった。

「草薙……伊吹龍弥」

また何か仕掛けてくるかと身構えたが、龍弥は動かなかった。動けないんだ。とぐろを巻いた蛇が龍弥の全身を締め上げている。

「恭二さん」

龍弥は俺に偽葬屋としての覚悟を尋ねたときと同じ顔で言った。

「殺してください」

俺は答えられず立ち尽くす。そのつもりで来たはずだが、本人からそう言われると思っていなかった。

「私が死ねば怪異も死にます」

「でも……」

「全て私のせいです」

龍弥が悲痛な声を漏らした。

「私は〝これ〟に同情してしまった。罪のない子どもを平らげた怪異だというのに、居場所を奪われるのを恐れてやったことだと思ったら、これが哀れになってしまった。だから、付け込まれたんです」

龍弥の頰を涙が伝う。拭《ぬぐ》おうとしているが、蛇のせいで腕が持ち上がらないんだろう。

「私は家族を呪ってしまった。そんなつもりはなかったのに。気づいたら位牌《いはい》を作って……母さんも、姉さんも、弟も……村の皆さんも貴方《あなた》たちだって」

嗚咽《おえつ》が洞窟に反響する。龍弥は泣きながら笑みを繕った。

「伊吹家の皆も、私を殺そうとしました。それが正しいんです。殺されて当然です」

「そう思ってないからできなかったんだろ」

考える前に言葉が口をついて出た。

「お前の父親役だった爺《じい》さん、最後までお前を殺せなかった。だから、今もお前が生きてんだろ。あの爺さん、お前が消えてからも何度もトンネルに行ったって言ってたぜ。ずっとお前を捜して、待ってたんだよ」

龍弥は子どものように首を横に振る。

「ですが……」

「俺もお前と同じだよ。お前に同情しちまってる。お前も哭女《なきめ》の役目だったんだろ。だったら、わかってくれよ」

蛇が俺を威嚇し、再び飛びかかろうとしたが、もう怖くはなかった。俺は蛇の牙と舌を間近に感じながら龍弥に手を伸ばす。

「帰らない奴をずっと待ち続けるのがどんなに辛《つら》いか、わかってくれよ」

龍弥は締めつけられた身体を震わせて泣きじゃくる。

「死ななきゃいけないのに……」

「違うよ。偽葬屋は、人間は、生きるために弔うんだって聞いた」

龍弥は涙で濡《ぬ》れた目で俺を見た。蛇が鋭く威嚇し、俺に飛びかかる。大丈夫だ。ここにいなくてもわかる。

「柊一！」

俺の声に応《こた》えるように、白刃の輝きが洞窟の闇を両断した。

光が射し込み、平阪家の庭の光景が戻る。燈籠《とうろう》は破《わ》れ、霊柩車《れいきゅうしゃ》は傾き、地面はそこかしこを掘り起こしたように穴だらけだった。

柊一が肩で息をしながら刀を握りしめている。足元に血の海が広がっていた。

「柊一……」

すぐに柊一の血でないことはわかった。筵《むしろ》の前の穴に、巨大な蛇の首がごろりと転げて鎮座していた。

「やったのかよ……」

「ああ……」

俺と柊一は顔を上げる。穴の向こうにひとが倒れていた。布地の白が見えないほど泥に塗れた装束を纏った、龍弥だった。伊吹老人が縁側から飛び出す。

「龍弥！」

老人は龍弥を助け起こし、泥まみれの顔を何度も拭《ぬぐ》う。龍弥が薄く目を開いた。

「父さん……」

伊吹老人は散らばったものを掻《か》き集めるように龍弥を抱きしめた。

柊一が刀を投げ捨て、煙草を咥《くわ》える。

「救急車は何台いるかな。もう隊員とも顔馴染《かおなじみ》のようなものだ」

「あんたなあ……」

横を見ると、夫人は背筋を伸ばして佇《たたず》んでいた。口の端に血がこびりついていたが、もう苦しんではいないようだ。

「婆さん、偽葬は……」

「完了したわ」

夫人の言葉を聞き終えた瞬間、張り詰めていた意識の糸がぷっつりと途切れ、俺は頭から地面に倒れ込んだ。

騒がしい声に、目が覚めた。

「貴方は何度教えれば炊飯器の水の分量を間違えなくなるのでしょう。白米を炊こうとして粥《かゆ》を作るのは何故です」

「すまない。努力はしているんだ」

「母さんに構ってほしくてわざと間違えてるんじゃないの」

「いいじゃねえか。叱られるうちが花だ。なあ、婆さん」

声がやけに近い。俺は布団を撥《は》ね上げて身を起こす。平阪家の全員がそれぞれの膳《ぜん》とともに食卓を囲んでいた。柊一が虚《うつろ》な微笑を浮かべる。

「おはよう。お前の分の朝食もあるよ」

空の遺影の額縁が俺を見下ろしていた。俺が寝かされていたのは、奥の座敷だ。

「死人扱いじゃねえか！」

三沙が飯粒を零《こぼ》しながら言う。

「丸一日眠ってたなら死人も同然でしょ」

俺は舌打ちしつつ、いつもの席に腰を下ろした。五樹が咎《とが》めるような視線を向ける。

「恭二さん、食事の前に顔を洗いなさい」

「……あんたら無事だったのかよ」

柊一は喉《のど》を鳴らした。

「偽葬が完了してから皆すぐに回復した。勝利と再会を喜び合うのも一通り終わった後だ。恭二は出遅れたね」

全員すっかり元通りだ。当主の隣には夫人がにこにこと笑って座っている。毅然《きぜん》とした女道士の面影は微塵《みじん》もない。

「……龍弥はどうなった」

「伊吹さんに引き取られたよ。栄養失調と貧血だったが、命に別状はないらしい」

当主は豪快に味噌汁《みそしる》を啜《すす》る。

「これで伊吹家も営業再開か。客を盗《と》られないようにしなきゃなんねえ。だが、こっちには貸しがあるからな。割のいい仕事を振ってもらわなけりゃあ。なあ、柊一？」

「はい。これから伊吹さんと仕事の話をしてくる予定です」

「霊柩車は修理に出しちまったぞ」

「バスで行きますよ。近いルートを見つけましたから」

柊一は箸《はし》を置いて席を立った。俺は顔を洗ってから戻り、膳に盛られた飯に手をつける。白飯は粥のように軟らかかった。四朗が俺を見て気まずそうに言う。

「恭二、よくやり遂げた」

「あんたは料理当番をやり遂げられるようになれよ」

初めて会ったときのような敵意に満ちた視線が返る。三沙が俺の脇腹を小突いた。

「恭二、食べ終わったら部屋においでよ。面白いもの見せてあげる」

「面白いもん？」

三沙は答えず、また小馬鹿にしたような笑みを浮かべて去った。

食事を終えてから喪服に着替え、三沙の部屋の襖《ふすま》を開ける。壁の三方を本棚が埋め尽くし、ぎっしりと蔵書が詰まっていた。

「座って」

三沙は俺に座布団を押し付け、自分の前に座らせる。

「何の用だよ」

「嫌がらせしてあげる」

「それで誰が喜ぶんだよ」

「恭二じゃないよ、兄さんに」

「柊一に？」

俺が目を瞬《しばた》かせると、三沙は溜息《ためいき》を吐いた。

「三人があの村に行くとき、嫌な予感がするから私も一緒に行くって言ったのに断られちゃったの。何でもわかってるって顔して結局しくじって馬鹿みたい」

「それで？」

「だから、兄さんの隠し事を教えてあげようと思ってね。恭二が知ってるのに自分はバレてないと思ってたら可笑《おか》しいでしょ？・」

「本当に性格悪いな。俺を巻き込むなよ」

「恭二にも関わることだから」

三沙は本棚から分厚い本を取り出した。背表紙には『本所ナナフシ傑作選』とあった。

「恭二のお母さんのこと、私も知ってるよ。明里さんは自分の子を何とか守ろうとした。それで、恭二のお兄さんは母さんに預けられたの」

俺は姿勢を正す。やはり五樹と兄がバスに乗っていたのは、ただの夢じゃなかったんだ。

「恭二のお兄さんは母さんと一種の偽葬を行った。出淵明里の息子は自分ひとりだけってことにした」

「じゃあ、兄貴は……？」

「無事だよ。お兄さんは昔の名字を捨てて生きることにしたの。これで怪異からは、出淵家は完全に途絶えたように見える。だから、恭二は今まで怪異に襲われずに生きてこられた」

俺は胸の底から湧き上がる感情を抑えた。兄は俺を忘れていたんじゃない。俺を死なせないために会わなかったんだ。

「でも、偶然、恭二が闇バイトに応募して怪異に見つかっちゃった。お兄さんは血相変えてたよ」

「待てよ。あんた、俺の兄貴に会ったことあんのか？」

三沙は揶揄《からか》い混じりに囁《ささや》いた。

「青いマフラー、でしょ？」

心臓が止まるかと思った。呆然《ぼうぜん》とする俺の前で、三沙は分厚い本を開いた。

「名前を捨てるって言っても、戸籍は変えられないからね。昔、兄さんが大怪我したとき、私が保険証のコピーを取って病院に持って行ったの」

三沙は本に挟まれていた粗雑な印刷の紙をちらつかせる。掠《かす》れたインクの文字が目に飛び込んできた。出淵柊一。

あの蛇に、俺と柊一だけ襲われなかった理由がわかった。

俺は座布団を蹴《け》って立ち上がる。三沙は保険証のコピーを本に戻して手を振った。

「いってらっしゃい」

俺は玄関へと駆け、革靴の踵《かかと》を踏み潰《つぶ》して屋敷を飛び出した。

空は石棺のような雲に覆われ、ひどく寒かった。

俺は走り出す。唇から漏れる息が白く広がった。睫毛《まつげ》に霜が降り、街の明かりが万華鏡のように砕ける。

平阪家は全部が嘘で、偽物だと思っていた。だが本当のものはずっと近くにあった。

角を曲がったバス停のベンチに柊一がいた。寒さでより白くなった顔を上げ、灰色の空を見つめている。

俺が婆さんと暮らしている間、その日常を守っていたのはこの男だ。自分はひとりでずっと怪異と向き合いながら、どんな半生を過ごしていただろう。怪異が巣くう山に集められた労働者の中から俺の名前を見つけ、駆けつけて土の中から俺を掘り出して、俺に「おかえり」と言ったとき、どんな気持ちでいただろう。約束はもう果たされていた。

柊一が俺に気づいて微笑を浮かべる。

「どうした？」

三沙から言われた言葉を思い出す。まだ少しは黙っていようか。散々この男に騙《だま》され続けたんだ。逆に騙してやってもいいはずだ。

俺は柊一に並んでベンチに座った。

「何か用事が？」

「一緒に行こうと思っただけだよ」

「珍しいね」

「別に。家族だったら普通だろ。兄さん」

柊一は目を丸くし、肩を震わせた。こいつはまだ隠し通しているつもりだ。柊一は平静を装って言った。

「やっと偽葬家の自覚を持ったんだね」

「ああ、騙しながら生きようと思ってな」

ひとりでに笑みが浮かぶ。灰色の空から綿埃《わたぼこり》のような雪がひとひら落ちてきた。

そして、バスが到着した。

本書は二〇二四年十二月から二〇二五年四月までカクヨムネクストで連載された「偽葬家の一族」を加筆修正の上、文庫化したものです。

この物語はフィクションであり、実在の人物・地名・団体等とは一切関係ありません。

偽《ぎ》葬《そう》家《け》の一《いち》族《ぞく》

木《き》古《ふる》おうみ

令和7年 4月25日 初版発行

発行者●山下直久

発行●株式会社KADOKAWA
〒102-8177 東京都千代田区富士見2-13-3
電話 0570-002-301(ナビダイヤル)

角川文庫 24622

印刷所●株式会社暁印刷
製本所●本間製本株式会社

表紙画●和田三造

●お問い合わせ
https://www.kadokawa.co.jp/ (「お問い合わせ」へお進みください)
※内容によっては、お答えできない場合があります。
※サポートは日本国内のみとさせていただきます。
※Japanese text only

ISBN 978-4-04-116045-9 C0193

◇◇◇

角川文庫発刊に際して

角川源義

第二次世界大戦の敗北は、軍事力の敗北であった以上に、私たちの若い文化力の敗退であった。私たちの文化が戦争に対して如何に無力であり、単なるあだ花に過ぎなかったかを、私たちは身を以て体験し痛感した。西洋近代文化の摂取にとって、明治以後八十年の歳月は決して短かすぎたとは言えない。にもかかわらず、近代文化の伝統を確立し、自由な批判と柔軟な良識に富む文化層として自らを形成することに私たちは失敗して来た。そしてこれは、各層への文化の普及滲透を任務とする出版人の責任でもあった。

一九四五年以来、私たちは再び振出しに戻り、第一歩から踏み出すことを余儀なくされた。これは大きな不幸ではあるが、反面、これまでの混沌・未熟・歪曲の中にあった我が国の文化に秩序と確たる基礎を齎らすためには絶好の機会でもある。角川書店は、このような祖国の文化的危機にあたり、微力をも顧みず再建の礎石たるべき抱負と決意とをもって出発したが、ここに創立以来の念願を果すべく角川文庫を発刊する。これまで刊行されたあらゆる全集叢書文庫類の長所と短所とを検討し、古今東西の不朽の典籍を、良心的編集のもとに、廉価に、そして書架にふさわしい美本として、多くのひとびとに提供しようとする。しかし私たちは徒らに百科全書的な知識のジレッタントを作ることを目的とせず、あくまで祖国の文化に秩序と再建への道を示し、この文庫を角川書店の栄ある事業として、今後永久に継続発展せしめ、学芸と教養との殿堂として大成せんことを期したい。多くの読書子の愛情ある忠言と支持とによって、この希望と抱負とを完遂せしめられんことを願う。

一九四九年五月三日

領怪神犯

木古おうみ

奇怪な現象に立ち向かう役人たちの物語。

理解不能な神々が引き起こす超常現象。善悪では測れず、だが確かに人々の安寧を脅かすそれは「領怪神犯」と呼ばれている。役所内に密かに存在する特別調査課の片岸《かたぎし》は、部下の宮木《みやき》と日本各地で起きる現象の対処に当たっていた。「巨大な身体の一部を降らせる神」などの奇怪な現象や、神を崇める危険な人間とも対峙しながら、片岸はある事情から現象を深追いしていく。だがそれは領怪神犯の戦慄の真実を知ることに繋がって……。

角川文庫のキャラクター文芸

ISBN 978-4-04-113180-0

領怪神犯2

木古おうみ

組織の過去に秘められた衝撃の真実とは!?

理解不能な神々による超常現象、領怪神犯。特別調査課の課員である片岸《かたぎし》と宮木《みやき》は、組織が秘匿する、ある神の真実に触れてしまう。その20年前——。詐欺で捕まった青年・烏有《うゆう》は、霊的なものを見る力のために、組織の前身である「領怪神犯対策本部」に入れられる。元刑事の武骨な男・切間《きるま》と、民俗学の准教授という女・凌子《りようこ》と共に各地の奇怪な現象を追っていくが……。組織の過去に何があったのか。胸を刺す慟哭の真相が明かされる。

角川文庫のキャラクター文芸

ISBN 978-4-04-113799-4

領怪神犯3

木古おうみ

領怪神犯の全ての真実が、今明かされる。

領怪神犯を記録する秘密機関、特別調査課。幹部の切《きる》間《ま》は、片岸《かたぎし》と宮木《みやき》による「知られずの神」の調査が不発に終わったことを受け、上層部も加わっての大々的調査を宣言する。人々の失踪にも関わる危険な神との対峙が始まる一方、宮木は調査から帰還後、大切な記憶を失ってしまっていた。そんな折、穐津《あきつ》という謎めいた新人が配属される。彼女は宮木が忘れている何かを知っているようで……。切実な祈りが胸を打つ、感動の完結編。

角川文庫のキャラクター文芸

ISBN 978-4-04-114835-8

ISBN 978-4-04-114406-0

解剖探偵

敷島シキ

「解剖は、全てを明らかにします」

八王子署の新人刑事・祝依《いわい》然《ぜん》は、首吊り死体発見の報を受け、現場に急行する。先輩刑事は自殺で処理しようとするが、祝依は他殺だと知っている。部屋の隅に佇む、男の霊が見えるから。しかし事件性を主張するも、一蹴されてしまう。そこに現れたのは、担当の解剖医・霧崎《きりさき》真理《まり》。ゴスロリ服に白衣をまとった彼女は、この死体が他殺である可能性を指摘して……。「死んだ人間は嘘を吐きません」傷を抱えたバディが、事件にメスを入れる！

ISBN 978-4-04-112489-5

彼女の隣で、今夜も死人《しびと》の夢を見る

竹林七草

苦くて甘い青春ホラー&ミステリ!

大学生の湊斗《みなと》には、人に憑いた霊の死の瞬間を夢で追体験してしまう力がある。ある日、玲奈《れいな》という容姿端麗な女子が同じ学年に復学する。彼女は10年越しで神隠しから帰ってきたとの噂で、講義中に突然ずぶ濡れになる現象に襲われ、周りから避けられていた。玲奈が神隠しに由来する特殊な霊感に苦しんでいると知った湊斗は、迷いながらも助けることに。夢で見ることで、彼女に憑く行方不明者の霊の死の真相を解いていくが……。

角川文庫のキャラクター文芸

ISBN 978-4-04-113798-7

ゆるコワ！
〜無敵のJKが心霊スポットに凸しまくる〜

谷尾 銀

最強女子ふたりの最恐ホラー登場！

「私たちも部活で青春をしてみるっていうのはどうかしら？」最強女子高生の桜井梨沙《さくらいりさ》は、悪魔的頭脳を持つ残念美人の茅野循《かやのじゅん》に誘われてオカルト研究会を設立することに。活動内容は心霊スポットを探索し、調査結果を会報にまとめること。早速病院の廃墟に向かうが……。呪いの神社、最凶事故物件、そして「カカショニ」。ヒトコワ、呪い、都市伝説もどんとこい！　ゾクゾク怖くてスカッと爽快、最強女子高生ふたりの快進撃！

角川文庫のキャラクター文芸

ISBN 978-4-04-113178-7

その呪物、取扱注意につき

谷尾銀

あなたの傍にも、危険な呪物はありませんか?

交番勤務1年目の警官、成瀬《なるせ》義人《よしひと》は、通報により上司と駆け付けた先で意識を失う。そして目覚めた後、上司が「呪殺」されたと知らされる。しかも生き残った成瀬には、警察庁「特定事案対策室」への異動が告げられた。そこは呪いや祟り、怪異などの超常的な事件を捜査する部署。そこで成瀬は、女性霊能者・九尾《きゅうび》天全《てんぜん》と共に、呪いの人形にまつわる殺人事件の捜査をすることに。鬼の壺、コトリバコ。呪物の謎を解くオカルトミステリ。

角川文庫のキャラクター文芸

ISBN 978-4-04-115119-8

本屋に並ぶよりも先に
あの人気作家の最新作が
読める!!
今すぐサイトへGO!
どこよりも早く、どこよりも熱く。
求ム、物語発生の
目撃者——
カクヨム
ネクスト
Illustratio
最新情報は𝕏
@kakuyomu_next
をフォロー!
KADOKAWAのレーベルが総力を挙げ
お届けするサブスク読書サービス
カクヨムネクスト
で検索

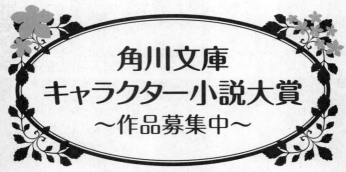